DESIDERIO TRA LE MONTAGNE

I SELVAGGI UOMINI DI MONTAGNA – LIBRO 3

VANESSA VALE

Copyright © 2020 by Vanessa Vale

Tutti i diritti riservati. Nessuna parte di questo libro può essere riprodotta o trasmessa in qualunque forma o mezzo, elettrico, digitale o meccanico, incluso ma non limitato alla fotocopia, la registrazione, la scannerizzazione o qualunque altro mezzo di salvataggio dati o sistema di recupero senza previa autorizzazione scritta da parte dell'autore.

Vale, Vanessa
Titolo originale: Mountain Delights

Cover design: Bridger Media
Cover graphic: Hot Damn Stock; Deposit Photos: EpicStockMedia

ISCRIVITI ALLA NEWSLETTER

Unisciti alla mailing list per essere informato per primo su nuove uscite, libri gratuiti, premi speciali e altri omaggi dell'autore.

http://vanessavaleauthor.com/v/db

1

Samantha

La mia giornata lavorativa era finalmente terminata. Era ora. Avevo finito di dettare i referti dei miei pazienti. Riagganciai il telefono chiudendo la comunicazione con la sala risvegli e fui felice di sapere che il paziente che aveva subito un'appendicectomia d'urgenza quel pomeriggio era sveglio e reagiva bene. Dopo un paio di ore di straordinario, mi tolsi gli occhiali e mi sfregai gli occhi prima di rimettermeli.

Mi alzai dalla scrivania, sollevai le braccia sopra la testa e mi stiracchiai la schiena. Sostituendo qualcuno al pronto soccorso, avevo coperto il turno di un collega che se n'era andato in Texas per la nascita del suo primo nipote, oltre a svolgere i miei soliti doveri in sala operatoria.

Guardai il mio orologio e mi feci due calcoli. Ventitrè ore e sei minuti fino al mio prossimo turno. Avevo delle lavatrici da fare. Un appartamento da pulire. L'ultimo thriller sul mio e-reader da finire di leggere. Dormire.

Dio, ero stanca morta, l'emozione più grande della mia giornata sarebbe stata un buon libro e l'infilarmi sotto le coperte ad un orario indecentemente prematuro. Da sola. Lavorare più di settanta ore a settimana mi faceva anelare un po' di sonno, non di divertimento. Ero a Cutthroat solamente da un paio di mesi e tutti i componenti dello staff erano amichevoli, ma io ero una curiosità. Non capitava spesso che qualcuno si laureasse in medicina all'età di ventidue anni e concludesse un internato in chirurgia prima dei venticinque.

La maggior parte delle infermiere era più grande di me. Perfino alcune volontarie. La mia età e il fatto che mi fosse legalmente permesso di brandire un bisturi spaventavano alcuni pazienti quando scoprivano che sarei stata io ad operarli.

Un'infermiera del pronto soccorso di nome Helen si fermò di fronte a me. «Ancora uno prima di andartene?» Io scrutai l'espressione contrita sul suo volto per avermi affibbiato un altro paziente. Per essere l'ospedale di una piccola cittadina, eravamo stati follemente impegnati per tutto il giorno. Sarà stata la luna piena, magari.

Dentro di me gemetti, ma mi limitai ad annuire mentre afferravo il mio stetoscopio dala scrivania e me lo appendevo al collo. «Certo, nessun problema.» Che differenza faceva restare ancora un po'? Non è che il mio folle piano per il dopo-lavoro di leggere sul divano sarebbe andato da nessuna parte.

«Controllo della prostata.» Lei incurvò un angolo della bocca verso l'alto, ma fu l'unico segnale di divertimento che mi offrì. Eravamo professioniste, a prescindere dal problema del paziente, per quanto infilare le dita nel retto di un estraneo non fosse in cima alla mia lista di cose divertenti da fare. «È la terza volta quest'anno. Tu sei nuova e non hai ancora conosciuto il signor Marx, ma è il cittadino ipocondriaco di Cutthroat.»

Li conoscevo, gente che o leggeva troppo su internet e si spaventava al punto da correre al pronto soccorso o si sentiva sola e voleva un po' di attenzioni. Un controllo della prostata, si sperava, indicasse la prima opzione, non la seconda. «Ricevuto.»

«Stanza tre.»

Mi diressi da quella parte, bussai alla porta ed entrai. «Salve, mi spiace di averci messo un po' ad arrivare da lei. Questo è il pronto soccorso ed io avevo un'intervento d'urgenza. Sono la dottoressa Sm-»

Il mio solito saluto rimase in sospeso alla vista del paziente. Non sembrava *affatto* l'ultra sessantenne esageratamente preoccupato che mi ero aspettata. Alto, scuro e bellissimo erano i giusti aggettivi per descrivere la persona che mi trovavo di fronte, ma c'era molto di *più*. Era alto: mi superava facilmente di una ventina di centimetri. Aveva i capelli neri, che dovevano essere tagliati già da qualche settimana. Non aveva la barba – per quanto sembrava che gli sarebbe servita di nuovo una passata col rasoio. La sua mascella era squadratissima. Indossava una maglia a maniche lunghe nera e un paio di jeans, entrambi capi attillati che gli stavano alla perfezione – il che significava che ogni singolo suo muscolo era deliziosamente visibile. *Ognuno*. Mi ricordava un Jason Momoa coi capelli corti. E il suo sguardo... penetrante, oscuro, scrutatore e concentrato solamente su di me.

Non avevo idea da dove arrivassero quelle idiozie mentali, ma non potei non notare il tatuaggio che gli spuntava da sotto una manica della sua maglia attorno al polso. Oltre all'odore asettico del pronto soccorso, captai il suo profumo maschile boschivo. Urlava cattivo ragazzo – non ipocondriaco – senza dire nemmeno una parola. E il mio corpo reagì. Si scaldò.

Lo desiderò.

Mi resi conto di starmene lì in piedi a sbavare... con la bocca aperta. Arrossii violentemente per il mio comportamento. Io non sbavavo mai addosso a nessuno, tuttavia, era anche vero che non avevo mai visto un ragazzo così figo prima di allora. «Mi scusi, sono la dottoressa Smyth,» ripetei, concludendo finalmente la frase.

Lui inarcò un sopracciglio scuro mentre mi scrutava. Mi sentivo nuda, e i miei capezzoli decisero di indurirsi, il che non era mai successo prima, se non altro non per via di un ragazzo. E decisamente non per via di un paziente.

«Sul serio?»

Io sollevai il mento e risposi col mio solito, «Sì. Pensa che sia troppo giovane per fare il dottore? Non si preoccupi, non è la mia prima volta.»

«No, è solo che mi ero aspettato che Sam Smyth fosse un uomo.»

Io mi accigliai, chiedendomi come facesse a sapere il mio nome di battesimo, ma era scritto sul mio badge che avevo appuntato al camice. Andai al computer, aprii la scheda del paziente, controllai i dettagli e capii cosa dovevo fare. «Sam è il diminutivo di Samantha. Si tolga i jeans e le mutande, per favore.»

Lui spalancò gli occhi. «Questa mi è nuova,» disse.

Io andai al lavandino, mi pompai un po' di sapone sulle mani e me le lavai mentre lo guardavo da sopra la spalla. «Oh?»

«Di solito sono io a dirlo.»

«È un dottore?»

Lui rise. «No. Sono un uomo a cui piace dare ordini.» Piegò la testa di lato, mi scrutò, trafiggendomi con quello sguardo scuro. «Ma direi che mi piace l'idea che possa avere tu il controllo.»

Io sbattei le palpebre, tornando alla realtà, e afferrai una salvietta di carta, guardandolo incrociare le braccia sul petto ampio. Aveva un angolo della bocca piegato verso l'alto, senza dubbio trovava divertente il modo in cui mi stavo agitando. Non mi sembrava affatto di avere il controllo.

«D'accordo, allora, si tolga pantaloni e mutande, per favore.»

«Non ho le mutande,» ribatté lui.

Io mi raggelai, elaborando ciò che aveva appena detto, guardandogli perfino l'inguine consapevole in quel momento che qualunque cosa stesse nascondendo al di sotto dei jeans si trovasse *proprio lì.*

Mi schiarii la gola e cercai di mantenere i miei pensieri professionali, per quanto fossi molto interessata nel vedere che cosa avesse lì sotto. E quel culo, wow. Avrei perso la mia licenza da medico se chiunque avesse saputo cosa stavo pensando. «Si tolga solo i jeans, allora. Faremo in fretta.»

«Con te?» Lui mi scrutò di nuovo. «Sì, farò decisamente troppo in fretta, cazzo. La prima volta.»

La prima volta. Non stava parlando di me che gli controllavo la prostata.

Si portò le mani alla fibbia della cintura ed io lo fissai, osservandolo che la slacciava, apriva il bottone e poi calava la zip. Fu come se fosse andato al rallentatore, le sue mani rozze che spingevano i pantaloni giù lungo i fianchi liberando...

Porca puttana.

Avevo già visto un pene prima di allora. *Ero* una dottoressa. Ne avevo visto perfino uno eretto, ma nessuno mi aveva fatto bagnare le mutande e seccare la bocca come quello. Era duro, lungo, spesso. E duro. *Molto* duro. Puntava verso di me da una base di riccioli scuri. Era di un colore rossastro scuro con la punta ampia, una piccola fessura in cima.

«Mi chiamo Mac, comunque,» disse lui, la sua voce profonda che mi distraeva dal... fissarlo. «Immagino che dovremmo sapere come ci chiamiamo prima che le cose si facciano più personali.»

Il mio sguardo scattò verso il suo e vidi il suo ghigno. Non era minimamente imbarazzato. Dopotutto, però, lui non aveva *nulla* di cui imbarazzarsi. Dovevo chiedermi come facesse a camminare con quell'affare tra le gambe. Mi si contrassero i muscoli interni e mi domandai che sensazione mi avrebbe dato farmi riempire da quel mostro.

Avrei voluto allungare una mano e toccarlo, vedere se quella pelle tesa fosse liscia come sembrava, se sarebbe stata calda sotto le mie dita. Se l'avessi accarezzato, sarebbe venuto?

«Mac,» ripetei, tornando a sbavargli addosso.

Quel tipo era folle. Decisamente un cattivo ragazzo. Non si faceva problemi a mettere in mostra la propria erezione, il suo palese interesse nei miei confronti. Avrei potuto saltargli addosso e farmici una cavalcata. Me ne stava decisamente offrendo l'opportunità.

«I miei occhi sono quassù,» disse.

«Oh merda,» sussurrai, girando i tacchi per dare la schiena a lui e al suo pene. Non c'era altro modo per *non* guardare. Afferrai dei guanti dalla scatolina appesa al muro e me li infilai, cercando di nascondere quanto mi mettesse in imbarazzo. E quanto mi eccitasse.

Quale dottore diceva *oh merda* di fronte ad un paziente?

«Mi hai fatto togliere i pantaloni. Visto che sei tu al

comando – questa volta – cos'è che hai intenzione di fare con me, esattamente?» mi chiese. «In qualunque modo ci divertiremo, sembra che tu voglia andarci piano, ma non preoccuparti, a me piace farlo un po' violento.»

Porca puttana. Okay, le cose non stavano andando come mi ero aspettata. Concentrati. CONCENTRATI. Esame della prostata. Dio, mi chiesi se il suo culo fosse glorioso quanto il suo-

«Dottoressa?»

Mi schiarii la gola. «Le controllerò la prostata. La sua cartella clinica dice che se l'è già fatta vedere. Non si preoccupi. Ho le dita piccole.» Le agitai così che potesse vederle. «Gli uomini dicono che sono meglio del dottor Neerah.»

Lui sollevò le mani di fronte a sè. «Woah, Dottoressa. Non ho dubbi sul fatto che mi piaceresti più del dottor Neerah o di chiunque altro.»

Io aprii un cassetto e ne estrassi una piccola pezza. «Tenga. Visto quanto è... eccitato, è possibile eiaculare per via di una stimolazione diretta della prostata durante un esame. Si cali un po' di più i jeans e si chini sul tavolino di controllo.»

«Sei seria,» disse lui, senza spostarsi.

Io mi accigliai. «Ma certo. Non c'è nulla di cui imbarazzarsi nel caso in cui dovesse succedere, signor Marx. Sono una dottoressa.»

«Hai ragione, non c'è dubbio sul fatto che verrei non appena mi mettessi le mani addosso, ma penso che ci sia un errore.»

«Oh?»

«Io non sono il signor Marx. Come ho detto, mi chiamo Mac. Posseggo l'officina meccanica in città. La signora alla reception mi ha mandato qui ad aspettarti, ma non per farti infilare quelle belle dita su per il mio culo.»

«Allora perchè ti sei tolto i pantaloni?» ribattei io, spingendomi gli occhiali su per il naso.

«Quando una bella donna vuole che mi abbassi i pantaloni, io di certo non mi metto a discutere.»

A quel punto arrossii, provando un qualcosa di simile a vanità per il fatto che mi avesse chiamata bella. Il che era una totale menzogna. E aveva ancora il pene di fuori.

«Che ne è stato del signor Marx?» chiesi io, insicura di cosa fare col suo commento.

Lui sollevò le spalle ampie scrollandole con nonchalance mentre se lo infilava di nuovo nei jeans, tirandoseli su. «Un tipo basso e nervoso, col riporto? Ha detto all'infermiera di essere diretto in bagno. Penso che se la sia svignata. Non sono certo del perchè ora che vedo te e cò che stavi per fare.»

Avrei dovuto sentirmi del tutto offesa, ma non lo ero. In qualche modo le parole di quel tizio non mi fecero sentire insulsa. Mi fecero sentire... attraente, il che era del tutto ridicolo. Indossavo il camice, non ero truccata, avevo gli occhiali e mi ero raccolta i capelli in una coda disordinata più di dodici ore prima. Puzzavo di un forte sapone chirurgico, avevo dei guanti senza lattice e tenevo in mano un tubetto di gel lubrificante.

Tutto ciò non fece che ricordarmi che per un uomo come lui, io non ero una donna, ero una *conquista*. C'erano donne più attraenti che lavoravano in ospedale, donne più mondane, decisamente meno sfigate di me. Come il dottor Knowles, quello stronzo del capo chirurgo, che mi aveva presa di mira. E questo Mac? A quanto pareva, l'aveva fatto anche lui.

Tuttavia, il dottor Knowles mi faceva venire voglia di

farmi una doccia. Mac mi faceva venire voglia di farmi una doccia... con lui. E ciò mi riportò alla realtà perchè quel fantastico figo che avevo di fronte *non* si sarebbe interessato a quello, nè a qualunque altra cosa che avesse avuto a che fare con me, la dottoressa imbranata e vergine.

Si era eccitato. Per me. *Grazie* a me.

«Perchè mi stavi aspettando, esattamente?» chiesi io, confusa da un sacco di cose. «E in una sala per gli esami?»

«Non ho idea del perchè mi trovo qui.» Sollevò una mano, indicando quello spazio sterile. «La sicurezza dell'ospedale mi ha chiamato un'ora fa. Immagino facciano il giro del perimetro. Hanno scoperto che la tua auto ha una gomma a terra. Volevano che mi mettessi in contatto con te e te la sistemassi.»

«Ho una gomma a terra,» dissi io in tono piatto. Conoscevo i ragazzi della sicurezza. Mi accompagnavano fuori quando smontavo di turno nel bel mezzo della notte. Il fatto che si ricordassero che auto guidassi e che avessero notato che avevo una gomma a terra era un altro promemoria del motivo per cui mi fossi trasferita a Cutthroat.

«Sei qui per aggiustarla,» capii finalmente.

«Esatto. Ora ti spiacerebbe posare quel lubrificante?»

Io chiusi gli occhi e trassi un respiro profondo. «Cazzo,» sussurrai. L'obitorio era un piano più giù, per cui se fossi morta d'imbarazzo, il mio cadavere non avrebbe dovuto spostarsi più di tanto.

Mac mi si avvicinò e mi tolse il lubrificante di mano. Io spalancai gli occhi e sollevai lo sguardo sul suo volto sorridente. «Se vuoi te lo faccio vedere di nuovo.»

2

Mac

«Dove cazzo sei stato?» mi chiese Hardin quando tornai sul carro attrezzi. Il suo sguardo torvo avrebbe spaventato la maggior parte delle persone, ma non me. Lo stesso valeva per la sua stazza. Aveva il fisico di un dannato taglialegna, nonchè una barba che vi si addiceva.

Io ero stato via abbastanza a lungo che il calore nell'abitacolo si era esaurito e il fiato ci usciva in piccole nuvolette bianche, non che lui sentisse il freddo. Era solamente novembre e probabilmente sarebbe stato un inveno difficile.

Risi, accesi il furgone e mi spostai sul sedile mentre cercavo di far svanire la mia erezione. «Non ci crederesti se te lo raccontassi.»

«Provaci. Me ne sono rimasto seduto qua ad annoiarmi a morte per una vita.»

Non era un patito dell'elettronica, utilizzava a malapena

il cellulare e solamente per chiamare. Dubitavo che sapesse perfino che cosa fosse un'applicazione o, se lo sapeva, si rifiutava decisamente di fregarsene.

«Vedo che hai lasciato il libro nella borsetta che hai a casa,» sbottai. Quando lui continuò a fulminarmi con lo sguardo, aggiunsi, «D'accordo.» Voltandomi sul sedile, mi appoggiai con un braccio sul volante e gli raccontai tutto.

Lui inarcò le sopracciglia fino a farle scomparire sotto il berretto una volta che ebbi concluso.

«Sei entrato a dire a un tizio che gli stavi sistemando la gomma a terra, e invece ti sei beccato una donna che voleva stuzzicarti la prostata. Ti diverti sempre e solo tu,» borbottò lui.

Io mi spostai e misi la prima. «Oh, ti divertirai un po' anche tu con lei. Questa... diamine, è quella giusta. Non c'è dubbio.»

«Quella giusta.» Lui rise. Quando non lo imitai, proseguì. «Sul serio? Quella giusta? Pensi che perchè ti sei tirato fuori il cazzo, sarà interessata ad entrambi.»

Io scossi la testa. Avevo pensato la stessa cosa fino a venti minuti prima. Avevo sperato, ma non mi ero mai davvero aspettato, che una donna volesse una relazione seria con due uomini. Una nottata selvaggia per spuntare una voce dalla lista di cose da fare, certo, ma non un per sempre. Cy Seaborn e Lucas Mills avevano una relazione con Hailey Taylor, la sciatrice. Non era un pettegolezzo. Me l'avevano confermato loro stessi quando ero andato a recuperare la sua auto in panne qualche tempo addietro. Ero felice per loro e un sacco geloso, cazzo. Non perchè volessi Hailey, ma perchè volevo quel genere di legame che condividevano loro.

Sentivo d'istinto che la dottoressa fosse quella giusta, nonostante il modo ridicolo in cui ci eravamo conosciuti.

Non avevo intenzione di discutere con Hardin. L'avrebbe scoperto da solo molto presto. «Vedrai. Terza fila, a cinque auto dal fondo sulla sinistra, il SUV bianco della Honda,» borbottai tra me.

«Cosa?» chiese lui, guardando fuori dal finestrino.

«È dove ha detto che si trovava la sua auto.»

«Chi diavolo sa esattamente dove parcheggia?»

Io risi e indicai la macchina quando vi ci fermammo davanti, esattamente dove aveva detto lei.

«La dottoressa,» risposi io. «È una donna da manuale. Precisa. Intelligente, bellissima, organizzata. Dettagliata. Stupenda in una maniera non esagerata. E fottutamente giovane.»

Quando l'ufficio di sicurezza dell'ospedale ci aveva chiamati dicendo che uno dei loro dottori, un certo Sam Smyth, aveva una gomma a terra, non mi ero aspettato *Sam Smyth*. Ero più che entusiasta delle dottoresse donne, ma con questa le cose erano andate per il verso sbagliato fin dall'inizio. Al mio cazzo di certo la sorpresa era piaciuta non poco. E lo stesso valeva per il resto di me. Avevo visto oltre i capelli spettinati, il camice. Non aveva indossato un solo grammo di trucco, per cui aveva quell'aspetto da ragazza della porta accanto. Non era affatto possibile che avesse cercato di farmelo venire duro. Non era tipa da stratagemmi. Dubitavo che sapesse anche solo come flirtare. Tuttavia, aveva una personalità castigata, e cazzo, quegli occhiali. Erano stati quelli a trasformare il mio uccello in una spranga di ferro nei miei pantaloni... tanto per cominicare. Poi, quando aveva detto di volere che mi togliessi i jeans, non avevo fatto domande. Il mio cazzo aveva urlato FUORI!, nonostante non avesse avuto idea del perchè un affaruccio come lei mi stesse ordinando di levarmi i pantaloni quando io ero lì per aggiustare una gomma a terra.

«Tutto l'opposto di te,» commentò Hardin.

«Senza dubbio. Ci troveremo – tutti e tre – qui. Doveva rintracciare un paziente in fuga.»

Prima che me ne fossi andato, la dottoressa Smyth... *Sam*... mi aveva comunicato la posizione esatta della sua auto – perfino il numero di targa – e aveva detto che mi avrebbe raggiunto nel parcheggio, ma che doveva prima trovare il signor Marx che era scomparso. Immaginai che non fosse un bene che un paziente sparisse. Mi resi conto di non essere più di tanto entusiasta all'idea che la dottoressa sexy facesse venire quel vecchiaccio con un giochetto anale. Cazzo, sapevo che si trattava del suo lavoro e quant'altro, ma ad ogni modo... Volevo che quelle mani si posassero su di me.

Quale uomo cosciente si sarebbe messo a discutere con uno schianto come lei? Se voleva che mi togliessi i pantaloni, mi toglievo i pantaloni. Punto.

Spensi il motore del carro attrezzi e saltai giù per esaminare il danno, valutando se si potesse riparare e rigonfiare la gomma. Hardin mi seguì. Io mi accucciai accanto alla ruota per esaminarla più da vicino.

«Che cazzo? Questa gomma è stata tagliata,» commentò lui. Eravamo entrambi proprietari dell'officina, entrambi meccanici. Per quanto ci occupassimo di ogni genere di auto e furgone, riparavamo anche motoslitte, quad, trattori e perfino spazzaneve.

Chi avrebbe voluto tagliare la gomma della dottoressa? Non era abbastanza vecchia da avere dei nemici. Passai da impaziente di scopare a incazzato nero nel giro di due secondi e mezzo. Chi giocava un tale tiro ad una donna? Era una cosa da stronzi. Potevano essere passati più di quindici anni da quando era mancata mia mamma. Io non c'ero stato per lei, era colpa mia, cazzo, ma mi sarei preso cura di Sam.

Il cancro e una ruota tagliata non erano minimamente la stessa cosa.

La maggior parte dei meccanici le avrebbe sistemato la gomma e se ne sarebbe andato. Non l'avrebbe mai più rivista. Era un lavoro. Un'altra gomma di una lunga serie. Di certo non sarebbe successo con noi, cazzo. L'avremmo rivista, e non per via di un qualche stronzo che le aveva rovinato la macchina. L'avremmo rivista perchè *non* rivederla non era un'opzione. Hardin sarebbe stato d'accordo non appena le avesse messo gli occhi addosso.

«Chi cazzo farebbe una cosa del genere?»

«Non ne ho la minima idea,» mormorai. «Non mi piace questa storia.»

Lui emise un verso d'assenso, un misto tra un grugnito e un ringhio. Una gomma tagliata era un'azione meschina. Una bastardata. A parte essere uno stronzo, quel tizio non aveva le palle per confrontarla direttamente per risolvere il suo problema. Per quanto non volessi che qualcuno si avvicinasse a quel modo a Sam, quella stronzata passivo-aggressiva non faceva che darmi sui nervi.

Hardin era d'accordo. Avrebbe avuto la nostra protezione.

Il rumore di neve che veniva schiacciata ci segnalò l'arrivo della dottoressa. Sollevai lo sguardo su di lei e... cazzo. Sì, il pugno allo stomaco che avevo sentito quando l'avevo vista dentro l'ospedale era stato reale, non si era trattato del panino che avevo mangiato a pranzo che mi dava il tormento. Volevo quella donna con un'intensità che non avevo mai provato prima. Con la gomma tagliata a fare da ciliegina sulla torta, ero più che determinato.

«Porca puttana,» sussurrò Hardin.

Già, avevo avuto ragione a pensare che la dottoressa gli sarebbe piaciuta.

Non c'era molto di lei che si riuscisse a vedere tra il suo giaccone imbottito, la sciarpa di lana, il cappello e i guanti. La coda bionda le spuntava da sotto il cappello spesso. Delle ciocche di capelli si erano sciolte e le incorniciavano il viso a forma di cuore. Aveva le guance rosee come le sue labbra piene, gli occhi – nascosti da quei cazzo di occhiali – erano azzurri come il cielo freddo.

Stimavo che avesse poco più di venticinque anni, maledettamente giovane per fare la dottoressa e maledettamente giovane per me. Anche per Hardin. Il giaccone le arrivava appena sopra il ginocchio e indossava dei pantaloni blu da infermiera e delle scarpe da ginnastica. Era alta poco più di un metro e mezzo e le sue forme erano ben nascoste. Mi ricordavo di aver visto il rigonfiamento dei suoi seni sotto alla divisa da medico, ma quegli indumenti larghi non erano lusinghieri e nascondevano troppe cose. Mi prudevano le mani dalla voglia di spingerla contro la macchina, slacciarle la giacca e toccarla ovunque, ma volevo anche tirarle la zip ancora più su e farla salire di corsa nella cabina calda del carro attrezzi.

Era... adorabile, che era la parola più fottutamente stupida anche solo da pensare per me. Non ero una bambina di sette anni che guardava delle foto di cuccioli. Eppure lei mi aveva fatto calare i pantaloni e me l'aveva fatto venire duro come una roccia.

Non assomigliava a nessuna donna con cui fossi mai stato. Diamine, era diversa da chiunque avessi mai conosciuto, e il pensiero di lei che mi cavalcava il cazzo con indosso *solamente* gli occhiali mi fece sentire i pantaloni decisamente stretti. Era ad Hardin che piaceva leggere i libri senza le figure e sapevo che tutta quella roba da bibliotecaria perversa lo stuzzicava. Una dottoressa che urlava permalosa innocenza, però? Era spacciato.

Cazzo, avevo il cervello in tilt per questa qui, ce l'avevo avuto sin da quando era entrata in quella sala esami e mi ero praticamente mangiato la lingua quando l'avevo vista. Era folle, ma era quella giusta. Lo sapevo. Lo sentivo. Perchè? Cazzo, non ne avevo idea. Ma volevo sapere perchè fosse così giovane e una dottoressa. Perchè fosse tanto permalosa al riguardo. Perchè si ricordasse esattamente dove si trovasse la sua auto.

«Salve,» disse, la voce morbida, ma diretta come il suo sguardo.

Io mi alzai e lei dovette sollevare il mento per guardarmi. Spalancò gli occhi per un istante, insicura dopo come ci eravamo divertiti al pronto soccorso, e si leccò le labbra. Ovviamente, io guardai la sua piccola lingua rosa saettare fuori e non avrei avuto bisogno di farmi stuzzicare la prostata per venire.

Mi chiesi se avesse paura di me. Per alcune donne era così. Dopotutto, mi *ero* tirato giù i pantaloni, una cosa fottutamente troppo audace, ma come diavolo avrei potuto sapere che pensava che fossi un paziente?

Ero grosso, tatuato, rozzo, probabilmente di sette o otto anni più vecchio di lei. Avevo il naso storto, le nocche distrutte dalle risse e dal lavoro. Le mie unghie, a prescindere da quanto le pulissi, erano macchiate. Non ero un tipo a modo – avevo smesso di esserlo la seconda volta che ero stato mandato in riformatorio – ma ciò non significava che le avrei fatto del male. Col cazzo.

E non stavo nemmeno prendendo in considerazione Hardin in quei pensieri. Noi due insieme in un vicolo buio avremmo fatto cagare sotto la maggior parte degli uomini.

«Dottoressa,» dissi in cenno di saluto.

«Sam va bene,» disse lei, agitando una mano guantata.

«Ciao... lui è Hardin. Mi ha accompagnato. Potrà anche essere grande e grosso, ma è un tenerone.»

Lei lo guardò, scrutò tutto il suo metro e novantotto. La sua barba. La sua massa. Poi tornò a lanciare un'occhiata all'edificio, con la schiena dritta come un fuso. Sembrava... spaventata.

«Ehi, Sam,» disse Hardin. «Ho sentito cos'è successo con Mac e quel racconto mi ha rallegrato la giornata. È un bravo ragazzo, però. Non ti farà del male. È l'ultimo uomo sul pianeta che farebbe mai del male ad una donna.»

Giuro sulla tomba di mia madre.

«Nessuno di noi due lo farà,» proseguì. «Okay?»

Anche lui aveva visto che era nervosa. Mi chinai leggermente in avanti così che fossimo un po' più alla stessa altezza, così da poterla guardare dritta in quegli occhi azzurri. «Okay?» ripetei.

Inalando bruscamente, lei annuì.

«Già, non okay,» commentai, notando che non sembrava minimamente rassicurata. Delicatamente, le posai le mani sulle spalle, sentendo il peso del suo giaccone, ma anche lei al di sotto. Robusta. Tesa. «Mi scuso per quello che è successo là dentro. È stata una cazzata.»

Per un istante lei non disse nulla, poi rise. «Sì, è vero.»

Al di sotto dei miei palmi, la sentii rilassarsi giusto un po'. Bene, era in grado di scherzarci su. Ero stato io ad avere il cazzo di fuori.

«Ammetto che è stato... insolito, quello che è successo,» proseguì lei. «Un fraintendimento da parte di entrambi, ma nulla di cui preoccuparci.»

Piegai la testa di lato, notando i lineamenti tesi attorno alla sua bocca. «Allora perchè *sei* preoccupata? Sono passati solamente dieci minuti da quando avevo i pantaloni calati.»

Volevo saperlo, volevo sistemare qualunque problema avesse.

Lei mi guardò con quegli occhi chiari. Riuscivo a vedere la sua mente arrovellarsi e mi chiesi se la spegnesse mai.

«Mi sono imbattuta in un collega fastidioso. Abbiamo scambiato due parole. Tutto qui.»

La sentii irrigidirsi mentre ne parlava. Sentii il suo tono di voce inasprirsi. Ci eravamo appena conosciuti, ma era maledettamente facile leggerle nel pensiero. Non era arrabbiata. Era forte, come se la sua spina dorsale fosse stata fatta di acciaio e lei la stesse fortificando.

Andava benissimo, il fatto che fosse forte, ma alcuni fardelli erano troppo pesanti da gestire da soli per chiunque.

«Devo andare a prenderlo a botte?» chiesi, stringendole delicatamente le spalle. «O posso farlo fare ad Hardin. Riesce a far pisciare addosso la gente con una sola occhiata.»

Il suo sguardo si abbassò sul mio petto, ma dopo la mia domanda tornò su di me, per poi spostarsi su Hardin.

«Lo fareste? Non mi conoscete nemmeno.»

Cazzo. Mi faceva morire. Ero finito. Spacciato. Era effettivamente sorpresa dal fatto che fossi disposto ad aiutarla. Nessuno l'aveva mai difesa fino a quel momento?

Non risposi, mi limitai ad attirarla contro il mio petto, abbracciandola. Da sopra la sua testa, fissai Hardin. Lui strinse la mascella e annuì. Grazie al cielo, eravamo sulla stessa lunghezza d'onda. Era lui quello sensibile, ma io dovevo stringerla a me, cazzo.

La abbracciai forte, ma lei rimase rigida. Aveva le braccia lungo i fianchi. Non si appoggiò a me, non si rilassò.

«Cos'ha fatto questo tipo, Sam?» mormorai, chinandomi così da poter inalare il suo profumo. Un sapone forte, uno shampoo fruttato e qualcosa di morbido e femminile.

«Come fate a sapere che si tratta di un uomo?» chiese lei.

Voltò la testa contro il mio petto, sfregandosi leggermente contro di me. Cazzo, era una bella sensazione.

«Lo so e basta.» Era vero. Le donne se la prendevano l'una con l'altra. Ringhiavano e sibilavano prima di buttarsi in una vera e propria zuffa. Qui non si trattava di quello.

«Perchè mi stai abbracciando?» chiese lei, forse rendendosi conto solo in quel momento che lo stavo facendo. «Non sono tanto tipa da abbracci. È altamente insolito.»

«Penso che imparerai in fretta, dolcezza, che noi siamo diversi da chiunque altro,» disse Hardin.

Lei voltò la testa per sollevare lo sguardo su di lui. Mi piaceva vederla tra le mie braccia, la sua confusione, la... cazzo, l'innocenza nel suo sguardo. Era scostante, ma non con noi. Sembrava essere nella sua natura.

«Senti, se qualcuno ti sta dando fastidio, dobbiamo saperlo.»

«Perchè?»

«Perchè un collega fastidioso è l'ultimo dei tuoi problemi.» Mi indicai alle spalle con un pollice. «Qualcuno ti ha tagliato la gomma.»

Lei indietreggiò ed io la lasciai andare. Abbassò lo sguardo sulla ruota della sua auto, i capelli lunghi che le scivolavano sulla spalla.

Era palese che qualcuno l'avesse tagliata. L'avevo già visto in passato, nel parcheggio di un bar. Ma un ospedale? Non è che avessero potuto farlo altrove e lei fosse poi arrivata fino a lì. Nessun'altra auto era rovinata. Perchè la sua? Che cosa aveva fatto a qualcuno? Dubitavo che uccidesse anche solo un ragno. Probabilmente lo esaminava al microscopio, per poi liberarlo.

Non mi piaceva quella storia. Nessuno si metteva contro di lei, cazzo. Non la *mia* dottoressa.

Lei spalancò la bocca e mi fissò come se avessi appena parlato Swahili. «Scusa, cosa?»

«La parte esterna del copertone è lacerata,» spiegò Hardin, cercando chiaramente di non serrare la mascella di fronte a quell'azione intenzionale.

Qualcuno l'aveva presa di mira. *Lei*.

«Dunque, il tipo che ti ha agitata tanto,» dissi. «Pensi che sia stato lui?»

Lei osservò lo pneumatico mentre rispondeva. «Ne dubito. Ci trovavamo in sala operatoria assieme un'ora fa. Per quanto sia fisicamente impossibile che sia uscito fino a qui a farlo, sarebbe un gesto al quale realisticamente non si abbasserebbe. Avete detto che i ragazzi della sicurezza hanno scoperto della ruota durante le loro ronde; dunque avrebbero potuto trovarlo a causare il danno. E poi, lui sa usare un bisturi, non un coltello.» Si accigliò, poi si spinse gli occhiali su per il naso. «No, non è stato lui.»

«Potrebbe essere stato un bisturi a farlo,» commentò Hardin, accennando alla gomma con un cenno del capo.

Quello stronzo la *stava* chiaramente infastidendo, ma non le aveva lacerato la gomma. Ciò che aveva detto aveva senso. La maggior parte della gente condivideva i propri problemi, si faceva aiutare dai suoi amici. Per lei, dubitavo che fosse quello il caso. Le era stata posta una domanda e lei aveva risposto con dei fatti. Era il tipo da analizzare e valutare una situazione. Le sensazioni e le emozioni sembravano essere difficili.

Avremmo scoperto chi fosse quello stronzo, assolutamente, cazzo. Ma se non era stato lui, allora chi diavolo era stato?

«Potete sostituirla?» chiese lei.

«Ne hai una di scorta nel baule?» chiesi io, pensando a come le avrei afferrato quelle lunghe ciocche di capelli mentre me la scopavo da dietro. A come Hardin se la sarebbe portata in doccia per lavarla. L'avrebbe fatta stare alla grande. E lei ne aveva bisogno.

La scrutai. Non era tesa. Era decisamente troppo rilassata. Decisamente controllata. E non sarebbe stato divertente farle rinunciare a quel controllo, solo per me? Solo per me *e* per Hardin, perchè ciò che lei ancora non sapeva era che aveva due uomini a proteggerla. Col cazzo che uno solo di noi due le avrebbe permesso di vedersela da sola con un folle che andava in giro a tagliare le gomme.

Lei fece spallucce, ma quel gesto si notò a malapena al di sotto della giacca. «In realtà non ne sono sicura.»

La cosa mi sorprese. Indicai con un cenno del capo la sua macchina. «Posso?»

Lei pescò le chiavi dalla tasca e schiacciò il pulsante del telecomando. Il veicolò emise un suono. Io andai dietro, aprii il bagagliaio e ne sollevai il fondo per controllare se ci fosse la ruota di scorta. «Niente ruota di scorta.»

Cosa avrebbe fatto da sola? Intelligente com'era, probabilmente sarebbe andata da quelli della sicurezza e loro mi avrebbero chiamato, o si sarebbe messa direttamente lei in contatto con me. In ogni caso, ci saremmo trovati proprio lì in quel preciso momento. Io non avrei visto la sua faccia quando aveva scorto il mio cazzo per la prima volta, non avrei notato che l'avevo sia agitata che eccitata mostrandoglielo.

«Nel senso che manca o che non ce n'è mai stata una?» chiese lei.

Non ero sicuro di che differenza facesse in quel momento, ma dissi, «Non c'è mai stata.»

«Perchè?» domandò lei.

Io mi accigliai, chiudendo il portellone. «*Perchè*? Vuoi sapere perchè?» Nessuno me l'aveva mai davvero chiesto.

«Io voglio *sempre* sapere perchè,» controbattè.

Hardin sogghignò.

Io mi passai una mano sulla testa. La sua curiosità nonostante una gomma tagliata, una temperatura polare e qualunque cosa quel coglione che l'aveva infastidita le avesse detto mi sorprese – e mi divertì.

«Be', per ridurre al minimo il peso dell'auto, alle volte, ad esempio su una macchina elettrica o per ridurre i consumi,» le dissi. «O perchè il marchio è scadente.»

Quando tornai a voltarmi verso di lei, la vidi che fissava il cielo e borbottava qualcosa, come a chiedere a Dio di farle piombare una ruota di scorta dal cielo.

Mi venne da sorridere e lanciai un'occhiata ad Hardin. Era ben turbata, per quanto anch'io sarei stato incazzato se qualcuno mi avesse tagliato una gomma. Stavo cominciando a capire che lei sembrava essere sempre così. Già, aveva bisogno di qualcuno nella sua vita che la calmasse un po'. Che affrontasse un po' di stronzi, perchè una dottoressa come lei sembrava, in qualche modo, avere a che fare con molti di loro. Era troppo giovane e probabilmente trascorreva decisamente troppe ore dentro un ospedale per farsi dei nemici.

«Devi tornare al pronto soccorso o hai finito per oggi?» le chiese Hardin.

«Finito. *Decisamente* finito.»

«Bene,» risposi io. «Possiamo rimorchiarti fino all'officina e cambiare la gomma.»

Non mi andava tanto a genio di ripararla e dimenticarmene. Della gomma o di lei. Qualcuno gliel'aveva tagliata, cazzo. Non avevo intenzione di perderla di vista tanto presto. Solo che lei ancora non lo sapeva.

Riuscivo a vedere la sua mente riflettere sulle opzioni che aveva, che non erano poi molte. Eravamo gli unici rimorchiatori in città e non è che ci fosse un supermercato a Cutthroat che vendesse pneumatici. Non avrei chiamato la nostra piccola impresa un monopolio, ma se voleva aggiustare la ruota, eravamo gli unici uomini in grado di farlo. Quello, o qualunque altra cosa di cui avesse potuto aver bisogno.

Era arrivato il momento di smettere di pensare e di cominciare ad agire.

«Senti, dolcezza, puoi dire di sì e portare quel tuo bel culetto sul furgone per tenerti al caldo mentre tiro su la tua macchina, oppure Hardin ti può prendere in spalla, portare il tuo bel culetto sul furgone per tenerti al caldo, dopodichè io rimorchierò comunque la tua auto. Cosa scegli?»

Lei spalancò gli occhi e si leccò le labbra. Ci avrei scommesso le palle che il mio assumere il controllo l'avesse eccitata. Quando si voltò e andò verso il furgone senza discutere o chiedere *perchè*, seppi che le mie palle erano al sicuro. Hardin le aprì la portiera, la prese in vita e la sollevò fin nell'abitacolo. Già, aveva bisogno di una guida e noi le avremmo dato una mano. E non solo.

3

La giornata si era fatta strana, *molto* strana. *Molto* in fretta.

Mi trovavo a mio agio quando avevo le mani infilate in un petto fratturato o un addome squartato. In sala operatoria mi trovavo nel mio ambiente sicuro. Sapevo che cosa fare, cosa sarebbe successo dopo. Riuscivo ad immaginarmelo. Consideravo ogni possibilità.

Adesso? Non mi trovavo a casa con indosso una tuta e col mio libro come avevo mentalmente progettato. Com'era la mia normale routine. Il mio ambiente sicuro. Invece, mi trovavo alla Forca, il famoso bar sulla Main Street, con Mac, il ragazzaccio strafigo che mi aveva fatto vedere l'uccello, e Hardin, il suo enorme amico della stazza di un difensore. Il suo amico *figo*.

Hardin aveva i capelli color mogano, una colorazione per la quale la maggior parte delle donne avrebbe ucciso. Una volta che si tolse il cappello, riuscii a vedere che erano molto più corti di quelli di Mac, ben tenuti come la sua barba rasata. Non vedevo un singolo tatuaggio, ma c'era un sacco di corpo coperto al di sotto di una camicia a quadri blu di flanella e dei jeans. Se si fosse portato dietro un'ascia, sarebbe stato a tutti gli effetti un taglialegna. Mi sentivo piccola e debole accanto a lui. Potevo anche essere in grado di asportare parte di un'aorta, ma ero certa che lui sapesse sollevare un'auto.

Eppure non sembrava fare paura. Era silenzioso, trasmetteva una sensazione di calma che era stranamente rassicurante, anche quando mi ero trovata spremuta in mezzo a loro due nell'abitacolo del carro attrezzi, quando avevo pensato alla minaccia di Mac di sculacciarmi se fossi stata una cattiva ragazza.

Io non ero *mai* cattiva.

Il testosterone che pompava fuori da quei due doveva avermi mandato in pappa il cervello perchè eccomi lì. Ero così fuori dal mio elemento. Avevo rifiutato diverse offerte di colleghi di uscire a bere qualcosa dopo il lavoro. Ogni volta che me l'avevano chiesto. Perchè avevo accettato di andare a mangiare qualcosa con Mac e Hardin? Dovevano essere state le mie ovaie a farmi dire di sì.

A due uomini. E quella era la seconda cosa che rendeva strana quella giornata.

Oh già, e la terza? Avevo visto il pene di un uomo – il pene di *Mac* – e non era stato di un paziente. E quello chiaramente mi aveva fatto perdere la testa. Quel pene era attaccato al tipo più sexy che avessi mai visto e ciò lo rendeva il pene più sexy al mondo. Non era solamente un *pene*, era un *cazzo*. *Pene* era un termine clinico. Medico. Il coso che Mac aveva liberato dai jeans era palesemente sessuale. Virile.

Il modo in cui Mac mi stava guardando, come se avesse

avuto voglia di trascinarmi nella sua caverna prendendomi dai capelli, mi fece contrarre la figa, mi rese vogliosa di lui e di vederlo tirarsi di nuovo giù i pantaloni.

Hardin era seduto accanto a lui e anche lui mi stava scrutando. Come se non avesse mai visto una donna prima, o se fosse stato per mare per sei mesi ed io fossi la prima donna che aveva avvistato al porto.

Di nuovo, due uomini. DUE. Nel senso di più di uno.

Se mi sentivo a disagio e fuori luogo in un bar, non avevo idea di come mi sarei comportata se mi fossi trovata nel letto di Mac. Lui aveva molti più anni di me. Aveva esperienza. Solamente a guardarlo, doveva aver conquistato ogni singola femmina nella Contea di Cutthroat. Io non avevo la minima esperienza con gli uomini. Oh, sapevo tutto sui peni in senso medico, le due camere, il corpo cavernoso circondato dalla tunica abluginea. Ma un cazzo duro, dentro una vagina... dentro la *mia* vagina, o nella mia mano, o in bocca...

Mi agitai sul divanetto perchè non si trattava solamente del cazzo di Max. C'era anche quello di Hardin. Non l'avevo visto, ma mi chiesi se fosse proporzionalmente grande quanto lui, perchè se così fosse stato, sarebbe stato delle dimensioni del braccio di un neonato. Di una mazza da baseball. Di una clava. Come faceva a camminare?

«Non dovevate portarmi a cena,» dissi, cercando di distogliere i miei pensieri dalla loro anatomia. Cosa si diceva in situazioni del genere, specialmente dopo l'incidente al pronto soccorso? *Allora, raccontami del tuo cazzo. Ti viene duro con tutte o solo con me? Come hai fatto a rimettertelo nei jeans? Ce l'hai ancora duro?*

Nonostante la musica alta proveniente dal jukebox e l'inizio della folla dell'happy hour, gli schienali alti di entrambi i divanetti ci davano la sensazione di essere noi tre da soli. «L'hai già detto. Diverse volte.»

«Quattro,» risposi io. Mi morsi un labbro, rendendomi conto che la mia mente analitica stava vomitando stupidaggini.

Hardin incurvò quelle labbra perfette verso l'alto. Sì, erano perfette. Baciabili. Lo divertivo. Divertivo *entrambi*.

«Sei molto precisa, non è vero?» mi chiese.

Io annuii, spingendomi gli occhiali sul naso. «Sì. Non posso farne a meno, a dire il vero.»

Un cameriere si avvicinò e gettò dei sottobicchieri sul tavolo. «Da bere?»

«Sì,» disse Mac nello stesso istante in cui io dissi, «No.»

Mac mi guardò. «Se c'è qualcuno che ha bisogno di qualcosa da bere, sei tu.»

Hardin annuì concordando, ma rimase in silenzio.

Nella loro officina, Hardin mi aveva fatta scendere dal furgone, con le sue enormi mani che mi coprivano tutta la vita. Mach aveva scaricato la mia auto ed era entrato alla ricerca di uno pneumatico sostitutivo. Era tornato, constatando che, dal momento che era tardi e se a me stava bene, uno di loro l'avrebbe sistemata la mattina seguente, volendo portarmi a cena – per poi accompagnarmi a casa dopo – per rimediare all'incidente al pronto soccorso. Non mi avevano dato molta scelta dal momento che non avevo intenzione di percorrere il chilometro e mezzo che mi separava da casa a piedi e col freddo. E *avevo* fame. E loro erano fighi. Lo dovevo alle donne di uscire con due fighi grandi e grossi.

Strinsi le labbra di fronte alle parole di Mac, sapendo di essere stata etichettata come tutto tra la castigata e la frigida. Aveva ragione. Mi serviva un drink. Probabilmente molti.

«Che cosa ti piace?» mi chiese.

«Decidi tu per me,» dissi, insicura di cosa scegliere e non volendo svelare loro quella mia ignoranza.

Loro ordinarono delle birre per se stessi e una vodka e qualcosa per me.

«Non ti piace più di tanto bere?» mi chiese Mac.

Io presi il sottobicchiere e me lo rigirai tra le dita. «Non bevo affatto,» risposi. «Ero al terzo anno di medicina quando ho compiuto ventun'anni. Non ho avuto molte opportunità da allora.»

Hardin si acciglió, poi disse, «Ventun'anni al terzo anno di medicina? Vuol dire che ne avevi... quindici quando hai preso il diploma al liceo?»

«Quattordici.»

Lui inarcò le sopracciglia scure. «Sei andata al college all'età di quattordici anni?»

«Sì, ad Harvard.»

«Porca puttana,» sussurrò Mac, scuotendo lentamente la testa. «Quindi sei piuttosto intelligente.»

«Sì.»

Mentre parlavamo, loro ascoltavano. Si concentravano. Mi fissarono seriamente, gli occhi scuri di Mac e quelli color nocciola di Hardin che scrutavano i miei. Quelli di Mac scesero sulle mie labbra. Mi metteva a disagio, ma non in maniera inquietante come il dottor Knowles, perfino dopo ciò che Mac aveva fatto nella sala esami. Se il dottor Knowles si fosse tirato fuori il pene – col cavolo che l'avrei chiamato cazzo – avrei perso la testa e l'ufficio delle risorse umane avrebbe dovuto decisamente darmi retta.

Il cameriere ci portò da bere. Mentre io assaggiavo il mio drink, ripensai al diverbio che avevo avuto con il dottor Knowles mentre radunavo le mie cose nello spogliatoio dei medici per andare incontro a Mac nel parcheggio.

«Dottoressa Smyth,» aveva detto il dottor Knowles.

Io mi ero raggelata nel sentire la sua voce. Avevo chiuso gli occhi. Magari, se li avessi tenuti chiusi, non avrei dovuto affrontare *lui*. Ero già turbata per la *cosa* con Mac. Cazzo. Avevo voluto evitare il capo chirurgo prima di andarmene, ma non ero stata tanto fortunata. Lui mi aveva trovata. Da sola.

Avevo tratto un respiro rinvigorente per affrontare l'unica persona che non mi piaceva a Cutthroat. In tutto lo stato del Montana.

Avevo girato i tacchi sulle mie scarpe da ginnastica e avevo sollevato il mento. «Sì?» avevo chiesto.

Avevo dovuto dimenticarmi di Mac, di ciò che era appena successo, del fatto che stessi andando da lui accanto alla mia auto.

«Bel lavoro con l'intervento.»

Le sue lodi mi erano famigliari, ma solo perchè di solito venivano seguite da qualcos'altro. Era il suo modo di attaccare bottone.

«Grazie,» avevo detto io.

«Voglio parlare con te dei tuoi punti di sutura.» Mi si era avvicinato. «Magari potremmo discuterne a cena.»

Punti di sutura? Ricucivo i pazienti sin dal primo esame pratico alla scuola di medicina. Aveva scelto *quello* come approccio?

«Possiamo discutere di qualunque problema alla postazione delle infermiere,» avevo risposto, senza nemmeno menzionare la parte della sua frase relativa al *a cena*. Avevo bisogno di un luogo pubblico per la nostra conversazione... e all'interno dell'ospedale. Ogni discussione doveva limitarsi al lavoro e a nient'altro. Avevo ceduto alle sue chiacchiere appena arrivata, ma era stato un errore. Aveva condotto a... be', *quello*. Avance indesiderate da parte sua. Cutthroat era una piccola cittadina e la gente parlava, saltava alle conclusioni.

Lui si era avvicinato di un passo ed io mi ero voltata dall'altra parte, prendendo le mie cose dall'armadietto e chiudendolo di colpo. Avrei voluto fuggire via, il che gli avrebbe concesso un vantaggio. Avrei anche voluto tirargli una ginocchiata nelle palle, ma così mi sarei fatta licenziare.

Lui era avanzato ulteriormente fino a premere contro la mia schiena. Ero riuscita a sentire il leggero profumo della sua acqua di colonia, avevo sentito ogni centimetro della sua uniforme... e di ciò che vi era al di sotto. Mi si era accapponata la pelle e avevo dato di matto. Non eravamo mai venuti in contatto prima di allora, ci eravamo solamente scambiati una stretta di mano la prima volta che ci eravamo conosciuti, e mai a quel modo.

Il solo guardare Mac mi aveva eccitata, mi aveva agitata. Mi aveva fatta bagnare. Ma il dottor Knowles, la sensazione di lui, mi faceva venire da vomitare.

Era un uomo attraente – quello l'avrei ammesso – ma non ero interessata al suo corpo da ultra quarantenne. Affatto. Le infermiere lo guardavano sbattendo le ciglia, praticamente gli lanciavano addosso le mutandine quando faceva le sue ronde in giro per i reparti. Avevo sentito delle storie e il pettegolezzo che si fosse fatto un giro anche dello staff dell'ospedale, e il fatto che io fossi la prossima rendeva il tutto ancora peggiore. Ero l'unica a respingerlo? Ero l'unica a non essere interessata ad una storiella di una notte? Ad una sveltina con il mio mentore?

Avrebbe dovuto eccitarmi? Perchè mi eccitava un palese ragazzaccio come Mac?

I capelli del dottor Knowles erano brizzolati, ma lo facevano sembrare maturo, non vecchio. Si manteneva in forma e aveva i denti più bianchi che avessi mai visto. Le altre infermiere potevano tenerselo. Io conoscevo gli uomini come lui. Un sacco di dottori col complesso della divinità, che si aspettavano che tutti cadessero ai loro piedi... o nei loro letti. Uomini come lui vedevano me, il giovane prodigio, come una a cui insegnare più che solamente medicina. Volevano tutti non solo lavorare con me, ma *giocare* con me, conferendo all'espressione *giocare a fare il dottore* tutto un altro significato.

E la cosa deeeeeecisamente non sarebbe successa. Io stavo bene con i miei vibratori. Anche se il cazzo di Mac sarebbe stato divertente. Lui *decisamente* sapeva cosa farci, non ne avevo dubbi. Mac poteva anche essere sfacciato, ma non stava cercando un vantaggio, abusando di una posizione di fiducia. Ero stata io a dirgli di togliersi i pantaloni e lui l'aveva fatto. Un fraintendimento, sì, ma il tutto era avvenuto al di fuori dei limiti delle relazioni tra uffici.

Lui era un estraneo, un estraneo che per certi versi conoscevo a livello intimo.

Avevo fatto un passo di lato per aggirare il dottor Knowles ed ero corsa verso la porta, aprendola così che non ci trovassimo più in privato. Avevo la giacca e la borsa tra le braccia.

«Hai respinto una conversazione riguardante la rimozione del duodeno durante la procedura Whipple e i tuoi appunti operatori per l'appendicectomia. La tua mancanza di partecipazione al programma sarà evidente nel tuo curriculum.»

Quel commento mi aveva fermata con una mano sulla maniglia, ma la porta era abbastanza aperta che la gente di passaggio in corridoio sarebbe riuscita a vedere dentro la stanza e a capire che non stava succedendo *nulla*.

«Mancanza di partecipazione in cosa, esattamente?»

avevo chiesto, assottigliando lo sguardo. Ero molto cosciente del mio curriculum dal momento che tutto ciò che facevo era lavorare. Era esemplare, e non avevo intenzione di farmelo rovinare da lui. Poteva anche mettere in discussione le mie qualità interpersonali, ma non il mio lavoro. Il cuore mi batteva fuori dal petto, ma non avrei permesso al mio nervosismo di affiorare in superficie. Non gli avrei concesso quella soddisfazione.

«Nell'ampliare le tue conoscenze mediche.»

Aveva discusso della procedura Whipple nel dettaglio con tutto il personale chirurgico, inclusa me.

«Come ho scritto nei miei *appunti operatori*, la TAC faceva presagire una possibile perforazione, ma quando ho inserito la sonda e l'ho visualizzata, mi è stato chiaro che il duodeno fosse infiammato e disteso, ma non lacerato.»

«Sì, ma dovremmo analizzare ulteriormente la tua prestazione.»

Non mi serviva il mio QI da 176 punti per sapere che intendeva la mia educazione sessuale e la mia prestazione a letto nel farmi scopare da lui.

Al ritmo con cui certi depravati come Knowles ci provavano con me, i miei sex toys sarebbero stati la cosa che più si sarebbe avvicinata alla mia vagina... per sempre. Non che volessi avere orgasmi indotti da un aggeggio elettronico per il resto della mia vita, ma ero selettiva. Colui che si fosse preso la mia verginità se non altro non poteva essere uno stronzo. Avrei voluto bruciare sotto il suo tocco, non raggelarmi. E ciò mi aveva fatta pensare a Mac. Lui mi scaldava. Mi eccitava. Mi rendeva *vogliosa*.

E mi aspettava fuori.

Avevo incrociato direttamente lo sguardo del dottor Knowles. Non l'avevo mandato al diavolo, che era ciò che avrei voluto fare, ma non avevo avuto nemmeno intenzione di sottomettermi. Sarei rimasta professionale, mantenendo le cose a livello pubblico.

Mi ero già trovata a farmi palpare il culo in passato. Mi erano state fatte avances. Ero stata oggetto di scommesse, di chi sarebbe riuscito a portarsi a letto la figa intelligente. Avevo imparato con le cattive in tenera età. I ragazzi ad Harvard praticamente mi avevano evitata dal momento che ero stata presa di mira da tutti. Essere iscritta al primo anno all'età di quattordici aveva fatto sì che ciò accadesse. La scuola di medicina, però, era stata diversa. Ero stata maggiorenne e avvicinabile. Carne fresca.

Lo avevo guardato negli occhi. «Possiamo discuterne ulteriormente alla postazione delle infermiere,» avevo ripetuto. Avevo passato anni a perfezionare la mia facciata tranquilla e l'avevo sfruttata in quel momento. «Sono certa che agli altri interesserà sapere quali esperienze sulla recisione o la *sutura* lei abbia da condividere.»

Con ciò ero scappata, cercando di placare il mio cuore impazzito mentre mi appoggiavo al bancone. Non avevo parlato con nessuno al pronto soccorso – erano stati tutti occupati a lavorare – e avevo atteso, tenendo la giacca tra le braccia come un'armatura di piume d'oca. Dopo un paio di minuti il dottor Knowles era finalmente uscito dal salottino, ma aveva girato dall'altra parte incamminandosi lungo il corridoio. Non mi aveva degnata nemmeno di un'occhiata. Io ero andata al telefono e avevo lasciato un messaggio in segreteria all'ufficio risorse umane riguardo all'incidente, così che fosse documentato, anche se dubitavo che sarebbe servito a qualcosa. Non aveva intenzione di desistere.

4

Hardin

«Stai bene, Sam?» Le posai una mano sul polso, sfregandole il pollice sulla pelle nuda. Così fottutamente morbida.

Lei sbattè le palpebre, poi si spinse quegli occhiali sexy su per il naso. Si era isolata da qualche parte dentro la sua mente, non aveva nemmeno notato di aver finito il proprio drink. Io feci cenno al cameriere indicando che volevamo un altro giro.

«Scusa, sto bene.» Mi rivolse un breve sorriso, si portò il bicchiere alle labbra e si rese conto che era vuoto.

«Ci stavi dicendo che sei andata al college a quattordici anni.»

Il cameriere arrivò con i nostri drink ed io spinsi la seconda vodka cranberry verso Sam. Lei ne trasse un lungo sorso prima di rispondere.

«Giusto. Quattordici.»

«Dev'essere stata dura. Ti sarà mancata molto casa.»

Lei sbattè le palpebre. «Mancarmi casa? Certo che no. I miei genitori hanno scoperto le mie abilità quando avevo tre anni. Non sono mai andata a scuola, sono stata istruita a casa da diversi insegnanti privati che pensavano avrebbero accresciuto i miei talenti. Pianoforte. Violino, di tutto e di più. Sono stata cresciuta dagli insegnanti, dalla governante. I miei genitori non erano mai a casa.»

Ma che cazzo?

«Perchè no?» chiesi.

«Mio padre gestisce una multinazionale petrolifera fuori Houston. Mia madre era una moglie trofeo. Io non ero ciò che si erano aspettati, essendo in grado di risolvere equazioni quadratiche e di parlare fluentemente due ling-ue all'età di quattro anni – ero bilingue perchè la governante era svedese. Non potevano portarmi in giro perchè dicevano che mettevo in imbarazzo i loro amici e colleghi essendo troppo intelligente.»

Parlava benissimo lo svedese e i suoi genitori avevano bisogno di un serio discorsetto. Non era una semplice biondina da abbordare in un bar.

«Ma mi stai prendendo in giro, cazzo,» mormorò Mac, le dita che sbiancavano attorno alla sua bottiglia di birra.

Lei bevve un altro sorso del suo drink e, per quanto stesse condividendo roba che mi faceva venire voglia di rintracciare i suoi genitori per fargli sbattere la testa l'uno contro l'altro, si stava rilassando. Il suo corpo, sotto quella terribile uniforme, aveva perso ogni tensione. Le sue guance erano di un adorabile colore rosato.

Dire che stavo diventando sempre più protettivo nei confronti di quella donna ad ogni minuto che passava sarebbe stato un eufemismo. Chi cazzo veniva cresciuto da una governante e degli insegnanti? Io e mio fratello eravamo cresciuti con due genitori amorevoli. Eravamo una famiglia alla Norman Rockwell e tutto quanto. Chi cazzo andava ad Harvard all'età di quattordici anni? Avrei voluto abbracciare la bambina che era stata, pestare a sangue qualunque bastardo del college che avesse pensato alla sua giovane figa.

«Se vi dicessi che Harvard è stata facile mi odiereste?» ci chiese, poi si morse un labbro.

«Facile?»

«Sono piuttosto intelligente,» rispose.

Ma non mi dire, cazzo. Stavo cercando di immaginarmela da giovane adolescente – una *ragazza* – ad Harvard. Libri e lezioni sarebbero stati sicuri per lei. Il resto?

«Quindi sei intelligente, come hai detto tu. Ciò non ti definisce,» le dissi.

Lei mi guardò come se tutto d'un tratto mi fossi messo a parlare svedese. «In realtà sì.»

Io scossi la testa. «No, invece. Io non sono stupido, ma non sono nemmeno un genio. Nessuno pensa a me come a uno dal QI nella media.»

«È un'affermazione ragionevole,» disse infine lei. «Che cosa fai, allora, che è degno di nota?»

Io bevvi un sorso di birra. «Non molto. Io e Mac gestiamo l'officina assieme. Io sono bravo a riparare le attrezzature agricole, le motoslitte. Ciò fa sì che mi sposti nei vari ranch della contea.»

Le si illuminarono gli occhi. «Fai visite a domicilio per macchinari infortunati.»

«Potresti metterla così.»

«Che bello,» aggiunse lei. «I vostri pazienti non vi rispondono male. Siete dei medici meccanici,» disse, poi ridacchiò. Guardò Mac. «E immagino che tu sia un podologo veicolare dal momento che riparerai la ruota della mia auto.»

Io la fissai perchè le sue parole erano fottutamente

ridicole. Vere, ma ridicole. Sorrisi perchè stava ridacchiando, il che immaginai fosse piuttosto raro per lei.

«Io non so nulla di motori a combustione,» aggiunse. «Immagino che dovrò procurarmi un libro e imparare in materia, per quanto non mi aiuterà minimamente col fatto che la mia auto non abbia una ruota di scorta.»

Ripensai alla gomma tagliata, sapevo che qualcuno ce l'aveva con la piccola Einstein seduta di fronte a noi. Gli atti vandalici erano un modo vigliacco di darle fastidio. Era successo una volta sola, o qualcuno la odiava? Non ne avevo idea, ma era al sicuro con noi e avevamo intenzione di far sì che lo fosse sempre.

«Sei stata occupata, per cui immagino che tu non sia mai stata a delle feste. Cioè... quattordici anni,» disse Mac, pensandola come me. «I tuoi genitori devono averti tenuta sotto controllo come dei pazzi.»

Lei scosse la testa, infilandosi una ciocca di capelli biondi dietro l'orecchio. «Ad Harvard? Loro non c'erano. È buono,» commentò, abbassando lo sguardo sul proprio bicchiere e inclinandolo così che i cubetti di ghiaccio tintinnarono.

Si era tenuta alla larga dal parlare dei suoi genitori, ma non sembrava che stesse cercando di evitarlo, quanto più che stesse constatando dei fatti per poi passare oltre. Mamma e Papà non sembravano significare molto per lei ed era chiaro che loro non tenessero minimamente a lei. Io e mio fratello non avevamo dubbi sul fatto che i nostri genitori ci volessero bene. Trascorrevano l'inverno in Arizona, ma quando si trovavano in città, li vedevo probabilmente due volte al mese. Mio fratello aveva otto anni più di me, ma eravamo uniti. Finivamo sempre tutta la birra insieme e durante la stagione calcistica – e quando lui non lavorava – passavamo le domeniche pomeriggio a guardare le partite.

Io avevo anche Mac. Altri amici. Tra la famiglia e i compagni di vita, sapevo di non essere solo. Sam, però? Dovetti chiedermi se fosse stata sola per tutta la sua vita.

«Che cos'è?» chiese lei.

«Vodka cranberry. Bevi,» le rispose Mac.

Io non la volevo ubriaca, ma mi piaceva parlarle. Anche a Mac. Lei bevve un altro sorso.

«Quindi vieni dal Texas, sei andata ad Harvard e hai finito di studiare medicina a quanti? Ventidue anni?» le chiesi.

Lei annuì. «Sono chirurgo, è la mia specializzazione, ma oggi ho coperto il turno di un dottore del pronto soccorso. Ecco come sono finita con l'incontrare te.» Guardò Mac attraverso le ciglia chiare.

Anche mio fratello faceva il dottore e lavorava all'ospedale. Col cazzo che avessi intenzione di menzionarlo a Sam. Quel tipo non si faceva mancare la compagnia quando si trattava di donne. Giuro che sentivo parlare di una nuova ogni volta che scambiavamo due chiacchiere. Ancora qualche conquista e avrebbe battuto sicuramente qualche record. Gli piacevano le donne esperte, mondane, e nessuno di quegli aggettivi si applicava a Sam. Col cazzo. Gli sarebbe bastato rivolgerle un'occhiata per passare oltre.

Io, tuttavia, non me ne sarei andato da nessuna parte. Lei era *esattamente* ciò che desideravo.

«Come sei finita qui?» domandai. Ci trovavamo ben distanti da Houston e da Harvard.

«A Cutthroat? Quando avevo dodici anni, i miei genitori sono venuti qui a sciare. Sono dovuta venire con loro dal momento che la governante era tornata in Svezia per un funerale. Mi è piaciuto un sacco qui. La bella Main Street, la gente, la neve. Dio, era un luogo incantato. Ho individuato la lunghezza perfetta di sci per la mia altezza e il mio peso, ho imparato a sciare applicando l'angolazione dei miei sci in relazione alla pendenza della discesa. Ho perfino inventato un polimero che migliorasse la resistenza aerodinamica.»

A dodici anni, cazzo.

Mi ero portato la birra alla bocca, ma mi fermai a metà strada mentre lei parlava, per poi posarla nuovamente sul tavolo. «Fammi indovinare, l'hai brevettato.»

Lei annuì, ignara del mio sarcasmo.

Mac rise e lei si acciglió leggermente. Lanciò un'occhiata a lui, poi a me, poi anche lei rise.

«Mi era piaciuta Cutthroat. Volevo tornare. Quando mi sono avvicinata al termine del mio internato, ho fatto domanda e ho ottenuto il lavoro.»

Cazzo, ero spacciato. Ora capivo che cosa avesse voluto dire Mac e a me non aveva detto di tirarmi giù i pantaloni. Non c'era da meravigliarsi che gli si fosse rizzato. Dovetti agitarmi sul posto per mettermi più comodo. La sua astuzia era affascinante. Quel naso all'insù con una spruzzata di lentiggini. Gli occhi azzurri, i capelli spettinati. E, come aveva detto Mac, *gli occhiali*.

Non stava flirtando; dubitavo che sapesse anche solo come fare. La sua decisione di trasferirsi in una piccola cittadina del Montana era una cosa sulla quale dovevo riflettere. Non ero sicuro che si trattasse di giovane esuberanza o se fosse triste da morire.

«Whoo, fa caldo qui?» chiese lei, facendosi aria con una mano. Aveva le unghie corte, senza smalto.

«Non bevi molto, eh?» le chiese Mac, divertito.

Lei roteò gli occhi, poi finì il proprio drink come se avesse avuto paura che lui potesse strapparglielo di mano. «Sono in reperibilità letteralmente da tre anni e non esco molto.»

Oh, aveva un sacco di esperienza e conoscenza per la sua giovane età. Era più intelligente di quanto non sarei mai stato io in tre vite. Tuttavia, si era guardata attorno nel bar come se l'avessimo portata ad un safari in Africa, studiando tutti gli animali selvaggi nelle loro terre native. Un estraneo che osservava l'ambiente.

«Io non bevo. Non faccio *niente*,» disse, sottolineando l'ultima parola.

Mac si sporse in avanti. «Stavi per infilarmi un dito nel culo. Quello è qualcosa.»

Lei arrossì e distolse lo sguardo, spingendosi su gli occhiali. «Già, quello è il massimo che mi sia mai avvicinata ad un cazzo duro in vita mia. Sono tutti belli come il tuo?» Si portò le dita alle labbra, chiudendo gli occhi. «Dio, penso che questo drink mi stia tirando fuori delle parole di bocca.»

Io e Mac restammo seduti l'uno accanto all'altro, raggelati. Che cazzo aveva detto? Non aveva mai visto un cazzo duro prima di allora? Il mio pulsava. Aveva sentito più che bene. Era davvero vergine? Era quello che intendeva? Dovevo chiederglielo.

Allungando una mano, le presi la sua, stringendola. Quel gesto la sorprese e lei mi guardò.

«Non hai mai fatto sesso finora?» le chiesi, mantenendo la voce bassa così che nessuno nei dintorni potesse sentirci.

Lei arrossì, distolse lo sguardo e tirò via la mano dalla mia. Ecco la risposta.

«No,» ammise a voce alta.

Porca. Puttana.

Mac sollevò una mano e chiamò il cameriere. «Abbiamo bisogno di farti mangiare qualcosa.»

«E un altro di questi,» disse lei, sollevando il bicchiere.

Non eravamo degli stronzi. No. Ma dubitavo che si

sarebbe lasciata sfuggire il fatto di essere vergine – o quantomeno ampiamente inesperta, dal momento che aveva detto che il cazzo di Mac era bello – se non avesse avuto un po' di vodka a rilassarla. L'avremmo fatta mangiare un po' e avremmo scoperto la verità.

Perchè ce la *saremmo* presa. Dovevamo solamente sapere come farlo. Una vergine non la si poteva portare in un bagno pubblico alla Forca e scoparsela con forza per una sveltina. Aveva bisogno di un letto. Di privacy. Aveva bisogno di essere pronta a farsi aprire per la prima volta, zuppa e arrendevole dopo un paio di orgasmi. Senza subbio cavalcarmi la faccia le avrebbe fatto ottenere quel risultato. A quel punto sarebbe stata pronta per i nostri cazzi. Aveva visto quello di Mac e non ci sarebbe entrato facilmente.

Ed io ce l'avevo ancora più grosso.

5

Mac

«Questo non è il mio appartamento,» disse Sam dopo che ebbi aperto la porta e l'ebbi fatta entrare in casa mia. La seguii, con Hardin alle calcagna.

«È il mio,» le dissi.

Era ubriaca. Non sbronza, ma decisamente su di giri. Non solo non reggeva l'alcol, ma aveva detto di non bere mai.

L'avevamo fermata dopo il terzo vodka cranberry e ci eravamo assicurati che mangiasse qualcosa. Lei aveva voluto delle patatine al formaggio e nessuno dei due glielo aveva impedito. Perfino nonostante la combo carboidrati e grasso, non era stata in grado di mettersi alla guida. Non che avesse avuto un'auto.

Per questo, io ed Hardin avevamo concordato sul fatto che non l'avremmo riportata a casa. Chiunque le avesse tagliato la gomma era là fuori e noi non sapevamo chi fosse o perchè l'avesse fatto. Non avevamo intenzione di lasciare Sam brilla a casa da sola nel caso in cui quel bastardo avesse pianificato altro.

«Ti piace il blu,» commentò lei, osservando il mio divano scuro e le tende, che erano entrambi merito della madre di Hardin. Non c'era un signolo soprammobile in vista perchè non li sopportavo, ma ero stato d'accordo a lasciarle carta bianca per quanto riguardava il resto dell'arredamento.

Non dissi nulla mentre mi toglievo gli stivali e li lasciavo accanto alla porta. Mi levai la giacca. Hardin appese il giubbotto con l'intenzione di restare per un po'.

«Perchè mi trovo qui?» chiese lei, tirandosi giù la zip del giaccone pesante. Non riuscì ad abbassarla più di un paio di centimetri ed io andai ad aiutarla. Dopo l'aria gelida che c'era fuori, la casa era fin troppo calda.

«Non voglio che vomiti nel sonno.»

Lei mi guardò con quei suoi occhi chiari ed io osservai la sua mente lavorare, nonostante fosse annebbiata dalla vodka. «Sì, aspirare vomito non è un bel modo di morire. Potrebbe succedermi ovunque. Non è un'attività relegata al mio letto.»

Io riuscii ad aprirle la zip e lei si sfilò la giacca dalle spalle.

«È vero, ma ci siamo noi a guardarti.»

«A letto?»

Mi accigliai. «A letto, cosa?» Il mio cazzo si rizzò a quella parola.

«Mi guarderete a letto?»

Io riuscii a malapena ad elaborare le sue parole perchè ciò che stavo pensando e ciò che avrei dovuto dire erano due cose completamente diverse.

«Io preferirei guardare voi due,» aggiunse lei prima che potessi rispondere.

«Dolcezza, l'unico modo per far sì che io e Hardin ci troviamo insieme nello stesso letto è con te in mezzo a noi,» le dissi. In quella sua mente analitica, non volevo che fraintendesse nulla.

«Okay,» mormorò lei. Le sue guance, già rosse per via del freddo, si scurirono ulteriormente.

Io guardai Hardin, che stava uscendo dalla mia cucina con un bicchiere d'acqua in mano.

«Okay che cosa?» le chiesi. Mi stava riducendo alle domande più stupide.

«Okay a me in mezzo a voi due a letto.»

A quel punto distolse lo sguardo, improvvisamente timida. Non mi stava bene. Poteva anche non avere certe capacità di socializzazione, ma non si nascondeva. Con le dita, le feci sollevare il mento così che dovesse tornare a guardarmi.

«Lo sai che cosa significa, Sam?»

«Sesso.»

Era concisa. Quell'unica parola, però, significava così tanto. Così tante possibilità. Spogliarla. Infilarsi tra le sue cosce aperte. Assaggiarla. Scoparla. Succhiarle i capezzoli. Farle succhiare i nostri cazzi. Prenderla sulla schiena. In ginocchio. Aggrappata alla testiera. Piegata a novanta sul bordo del letto. Due cazzi in una volta, figa e bocca. Figa e culo.

Per tutto quello ci sarebbe voluta più di una notte. Ci sarebbero voluti giorni. Settimane. Diamine, il resto delle nostre vite.

Se fossimo riusciti a portarla nel mio letto, non ne sarebbe uscita per un sacco di tempo. Doveva lavorare l'indomani. Dovevamo tutti.

E lei non era sobria. Non avevamo intenzione di toccare una donna che aveva bevuto troppo, il suo consenso diluito dall'alcol. Dovetti chiedermi se sarebbe stata tanto audace altrimenti?

Lei indietreggiò ed io glielo permisi. «Sono del tutto irrazionale.»

Hardin le porse il bicchiere. «Tieni. Bevi questo.»

Lei guardò il bicchiere e annuì. «Sì, non voglio che mi si distruggano le cellule del fegato.»

Io mi portai le mani alla bocca per nascondere il mio sorriso mentre lei beveva un grosso sorso d'acqua. Si preoccupava della morte del suo fegato. Hardin si preoccupava della forte sbornia che avrebbe avuto il giorno dopo.

«Mi trovo a casa di uno sconosciuto, con non solo lui, bensì *due* sconosciuti. Nessuno sa che sono qui. Ho appena suggerito di fare sesso. È un copione da manuale per un film dell'orrore o il modus operandi di un traffico sessuale.»

Avrei dovuto sentirmi offeso dal fatto che avesse pensato che uno di noi due potesse essere un fottuto trafficante, ma aveva ragione.

«Sam, te l'abbiamo già detto, sei al sicuro con noi,» disse Hardin. «Se fossi andata a casa con qualcun altro, ti avrei piegata sulle mie ginocchia e ti avrei sculacciata fino a farti tornare in te.»

Lei spalancò la bocca e arrossì di nuovo.

A me venne duro alla sola idea di vedere Sam sulle ginocchia di Hardin, col culo nudo e roseo per via della sua mano grossa.

«Finisci l'acqua,» le ordinò. Lei obbedì. «Il motivo per cui sei venuta qui è che ti fidi di noi. Non hai dovuto pensarci, analizzare ogni cazzo di dettaglio o compilare un qualche foglio di calcolo.»

Lei mi porse il bicchiere vuoto, poi – cosa sconvolgente – si afferrò l'orlo della parte superiore della divisa e della maglia a maniche lunghe che indossava al di sotto e se le tolse con tutta la goffaggine e la mancanza di modestia di una persona ubriaca. La sua coda di cavallo rimase impigliata e lei strattonò fino a liberarla. «Bene, allora faremo sesso.»

Io la fissai. Hardin la fissò.

Lei non ci degnò della minima attenzione, si limitò a voltarsi e a dirigersi a grandi passi verso camera mia. Ci concesse un secondo per vedere il pieno rigonfiamento delle sue tette al di sotto di un reggiseno in seta rossa prima di voltarsi. La vista della sua metà posteriore mi fece reprimere un gemito. Era bassa, ma non era scheletrica, grazie al cielo. Aveva un po' di carne sulle ossa, curve morbide e ampie da afferrare mentre la si scopava fino a farle dimenticare il suo nome.

Indossava ancora i pantaloni dell'uniforme e le scarpe da ginnastica, nessuno dei due indumenti minimamente sexy, ma aveva la vita sottile e i fianchi ampi sotto quel tessuto funzionale.

«Che cazzo indossa?» chiese Hardin, sistemandoselo nei jeans mentre la guardavamo scomparire in camera mia.

Quel reggiseno era un'arma, spietata e letale per qualunque uomo la vedesse. Era di quelli che arrivavano solo a metà seno, creando dei rigogliosi rigonfiamenti che facevano venire anche gli uomini adulti nelle mutande. I capezzoli erano nascosti, ma se avesse fatto un respiro profondo o avesse deciso di farsi una corsetta, si sarebbero liberati. Il tessuto lucido catturava la luce e la rifletteva. Ed era rosso.

Rosso, cazzo.

«Pensi che le mutandine si abbinino?»

Io mi leccai le labbra. «L'hai vista? Ovvio che sì.»

Lui grugnì. «Non possiamo scoparcela.»

Il fato era crudele, dal momento che potevamo vedere ciò che non potevamo toccare. Ciò che non potevamo leccare, succhiare, baciare, scopare. E il raso? Me lo sarei menato con in testa l'immagine delle sue tette per il resto della mia vita. E non l'avevamo nemmeno spogliata. Se si fosse tolta i pantaloni, sarei venuto dentro ai miei come un adolescente che vede per la prima volta una ragazza con indosso solamente l'intimo.

«Non stanotte.»

«Però non ho intenzione di starmene qui.» Con ciò, si avviò a grandi passi verso camera mia.

Io fui abbastanza furbo da seguirlo.

Lei era salita sul mio letto ed era inginocchiata sul bordo. Il reggiseno in raso era un contrasto sexy con i pantaloni funzionali da infermiera. Alla luce fioca della mia camera, la sua pelle era pallida, cremosa e perfetta. Quelle tette erano floride e piene.

Imprecai, poi avanzai così che io e Hardin ci trovassimo fianco a fianco di fronte a lei.

«Baciami,» mormorò lei, la sua mano che mi afferrava per la maglia e mi tirava giù. Non avevo intenzione di negarmi.

Fu goffa e dolce, selvaggia e passionale, eppure completamente ingenua mentre mi baciava.

Fu la cosa più fottutamente eccitante di tutto il mondo. Il mio cazzo avrebbe voluto continuare a baciarla, prenderle un seno, saggiarne il peso, giocare col capezzolo, vedere se fosse sensibile.

Però no. *No*.

Mi ritrassi e lei mise il broncio. Mise il *broncio*, cazzo.

«E io?» chiese Hardin.

Lei lasciò la presa su di me e afferrò l'orlo della sua

camicia di flanella. Non sarebbe mai riuscita a spostarlo, ma lui chinò la testa, pronto per un bacio tutto suo.

Guardarli baciarsi fu eccitante tanto quanto farlo di persona. Riuscivo a vedere come lei avesse la schiena inarcata verso di lui, come le sue dita lo stessero stringendo sempre più forte. Come la sua lingua saettò fuori, intrecciandosi alla sua.

Hardin durò più o meno quanto me, poi indietreggiò. Si premette una mano sul cazzo attraverso i jeans.

«Perchè ti sei fermato?» chiese lei.

«Sei ubriaca, dolcezza. Non ti tocchiamo in queste condizioni.»

«L'avete appena fatto. Mi avete baciata.»

«Ed è tutto ciò che faremo,» controbattei io, le mie parole rivolte non soltanto a lei, ma anche ad Hardin. Un promemoria a voce alta del fatto che non avremmo fatto nulla quella sera.

Lei si portò le mani al seno, stringendoselo. Le sbordava dai palmi, la curva superiore di un capezzolo che faceva capolino.

Porca. Troia.

«Voglio che mi tocchiate,» praticamente ci implorò. «Voglio sapere com'è. Avete idea di come sia *non* farsi toccare?»

Non potevo immaginarmi di avere la sua età ed essere... intoccata?

«Non sei mai stata toccata?» chiesi, ripetendo le sue parole.

«Non sei mai nemmeno stata con un ragazzo?» domandò Hardin. «Anche solo a limonare?»

Lei scosse la testa e si accasciò sul letto, sedendosi sui talloni. «Nessuno voleva avvicinarmisi ad Harvard. Cioè, ero troppo giovane e solamente un paio di pervertiti mi hanno perfino solo guardata. La scuola di medicina è stata diversa e ho baciato un paio di ragazzi, ma nessuno di loro mi ha fatto provare nulla e l'ho finita lì. Ho letto che il sesso dovrebbe essere esaltante. L'ho sentito dire dalle mie compagne di corso, quanto fosse eccitante, come perdessero la testa con un certo ragazzo. Io non ho mai provato nemmeno attrazione, per cui ho pensato che magari io avessi qualcosa che non andava o qualcosa del genere.»

Hardin sbuffò una risata. «Guardati. Come cazzo potresti avere qualcosa che non va? Lo sai quanto sei bella?»

Lei a quel punto sorrise. «Però voi non volete toccarmi.»

Scuotemmo la testa. «Non stasera.»

«Domani?»

«Domani,» promisi.

«D'accordo, ma manca così tanto tempo. Se non lo farete voi, mi toccherò io,» sbuffò lei, poi si lasciò cadere sul letto con quella nonchalance degli ubriachi. Il suo corpo rimbalzò e lei poggiò i piedi sul materasso, le ginocchia piegate. Io, ovviamente, guardai i suoi seni sobbalzare, sperando – implorando – che uno le sfuggisse dalla coppa di raso. Non lo fece, e la sua mano le scivolò lungo il ventre e al di sotto dell'elastico dei pantaloni ed io mi dimenticai completamente dei capezzoli.

«Sono davvero bagnata per voi,» disse, il suo braccio che si muoveva in un modo che ci rese chiaro che stava giocando con la propria figa e si stava sfregando il clitoride nonostante non riuscissimo a vederlo.

Io guardai Hardin. «Dovremmo fermarla?» Non *volevo* che si fermasse. Cazzo, no. Era la cosa più eccitante che avessi mai visto ed eravamo tutti vestiti.

Lui non mi guardò. «Sta facendo da sola,» mi disse. «Non abbiamo bisogno di farla smettere.» Poi, «Facci vedere quant'è bagnata la tua figa.»

Guardammo il suo braccio fermarsi per poi sollevarsi. L'eccitazione sulle sue dita catturò la luce. Cazzo, avrei voluto afferrarle la mano e leccarle via quel dolce succo.

Eppure no.

«Ti tocchi, dolcezza? Ti fai venire?» chiesi, con la voce roca e spezzata.

La sua mano tornò dentro alla divisa e lei si toccò con un po' più di entusiasmo. «Sì.»

«Quando vai a letto la sera?» le chiese Hardin.

Annuendo, lei si morse un labbro mentre sollevava i fianchi. Sapeva cosa piaceva al suo corpo e si portò in fretta all'orgasmo. Chiaramente l'alcol l'aveva disinibita, ma mi chiesi se avesse anche accresciuto la sua eccitazione o se venisse sempre tanto in fretta.

«Sì!» esclamò lei, chiudendo gli occhi.

«Oh no, dolcezza. Vuoi che ti guardiamo, quindi tieni gli occhi fissi su di noi mentre ti lavori quel clitoride.»

Lei spalancò gli occhi e le sfuggì un sussulto. Unì l'altra mano alla prima dentro ai pantaloni e ci diede dentro, cazzo. Io mi immaginai le dita di una mano che le scopavano la figa mentre le altre le accarezzavano in cerchio il clitoride. Non riuscivamo a vederlo, ma potevamo immaginarcelo e il solo guardarla... cazzo.

Mi premetti una mano sull'uccello, cercando di alleviarne la tensione.

Lei guardò Hardin, poi me, poi venne.

Inarcò la schiena. Impennò i fianchi. Le sue tette si spostavano ad ogni respiro profondo.

Era bellissima, totalmente persa nel proprio piacere, ma ci stava guardando dritti negli occhi. Sapeva che la stavamo guardando e si stava eccitando solo per quello.

Poteva anche essere vergine, ma non era docile. Per

nulla, cazzo. Era come Clark Kent, nascondeva la sua vera identità dietro ad un paio di occhiali.

Il suo orgasmo sembrò durare per sempre, ma quando finalmente si smorzò, lei riprese fiato.

«Brava ragazza,» le disse Hardin. «Che hai permesso ai tuoi uomini di vederti venire così bene.»

Un piccolo sorriso le incurvò gli angoli della bocca, dopodichè si addormentò. Nel giro di un attimo, crollò, tanto era stato fottutamente bello quell'orgasmo.

Hardin gemette.

«Ma sta succedendo davvero?» gli chiesi io, a voce bassa. «La donna perfetta nel mio letto, con le dita ancora sulla figa, profondamente addormentata?»

«Eccome, cazzo.»

6
___

AM

M I SVEGLIAI perchè mi stava squillando il cellulare. Non perchè mi trovassi nel letto di un estraneo sotto ad un comodo copriletto. Nella camera da letto di un estraneo. Ero da sola, con l'aroma di caffè nell'aria, il che significava che non ero *sola*. Non ero sicura di come il mio cellulare fosse finito sul comodino accanto ai miei occhiali, ma dovetti immaginare che fosse stato uno degli uomini a mettercelo prima che mi addormentassi. Dio, ero svenuta?

Lo afferrai al secondo squillo.

«Pronto?»

«Dottoressa Smyth, sono Marion Gables delle risorse umane. Ho ricevuto il suo messaggio di ieri.»

«Sì,» risposi.

«Ho aggiunto l'incidente che ci ha riportato nella sua cartella, ma giusto perchè lo sappia, non c'è nulla che posso fare dal punto di vista delle risorse umane.»

«Il dottor Knowles ha invaso il mio spazio, ha attuato un contatto fisico e mi ha invitata a cena con lui.»

«E lei ha detto di avergli risposto che voleva mantenere le cose ad un livello professionale. È successo qualcosa da allora che indicasse che non abbia rispettato la sua volontà?»

«È successo diciotto ore fa. Non sono stata in ospedale da allora.»

«La prego di farmi sapere se dovesse cambiare qualcosa. Buona giornata.»

Riagganciò. Per quanto quella donna fosse stata tranquilla, era stata brusca e per nulla scrupolosa. Conoscevo le leggi contro le molestie sessuali, sapevo che il dottor Knowles le stava stuzzicando tutte. Senza l'ufficio delle risorse umane che prendeva seriamente le mie preoccupazioni, mi ritrovavo da sola.

Come al solito.

Lasciai perdere, proprio come facevo sempre, e pensai al mio problema più immediato. Hardin e Mac.

Dovevo uscire e affrontarli. La sveglia sul comodino mi disse che avevo due ore prima del mio turno.

Presi in considerazione l'idea di fuggire dalla finestra, ma la mia giacca si trovava accanto alla porta d'ingresso e non avevo l'auto. Non avrei percorso un solo isolato prima di congelare. La considerai effettivamente un'opzione perchè non avevo idea di come affrontarli. Non dopo il modo in cui mi ero comportata. Dopo ciò che avevo fatto.

Oh. Mio. Dio. Mi ero masturbata davanti a loro.

Indossavo i pantaloni da infermiera, non la maglia. Mi ricordavo di essermela tolta. Come una zoccola. Mi ero praticamente gettata addosso a loro e loro mi avevano respinta.

«Oddio,» sussurai al soffitto. Mi tornò alla mente *tutto*,

come Mac mi avesse detto di mantenere gli occhi su di loro. Mentre. Mi. Guardavano.

Merda, merda, MERDA. *Mentre mi guardavano!*

Afferrai gli occhiali e mi lanciai fuori dal letto, andando nel bagno comunicante. Mi fissai allo specchio, osservando i capelli in disordine, lo sguardo annebbiato. Dovevo farmi una doccia. Era educato usare la doccia di un tizio dopo una sveltina di una notte – nonostante non ci fosse stato alcun sesso? Non avevo altra scelta, non sarei mai riuscita a guardarli negli occhi in quelle condizioni. Ero già un disastro di solito, ma in quel momento? Gemetti. Cosa dovevano pensare di me!

Non indugiai sotto l'acqua calda, nonostante fosse bello e mi stessi godendo l'odore familiare del sapone di Mac. Dopo essermi asciugata, separai la maglia della divisa da quella a maniche lunghe che avevo indossato al di sotto e mi rimisi solo quest'ultima. Non mi sarei mai infilata delle mutandine sporche, per cui decisi di non metterle sotto ai pantaloni da infermiera.

Mi passai la lingua sui denti, li sentii sporchi e me li lavai con le dita usando un po' del dentifricio di Mac.

Mi guardai di nuovo allo specchio. Sembravo ancora mortificata. Bagnata e mortificata.

Non mi ero mai gettata addosso ad un uomo prima di allora, figuriamoci due. Due! Chi faceva il filo a due uomini? Mi ero comportata come una pazza. Come una malata di sesso... no, come una malata che *non* faceva sesso.

Riuscivo a vedermeli nella mia mente mentre mi guardavano. Il modo in cui avevano avuto lo sguardo fisso solamente su di me, muovendosi a malapena come se, se lo avessero fatto, avrei potuto fermarmi. Avevo perfino visto gli spessi rigonfiamenti dei loro cazzi nei loro pantaloni. Mi ricordavo dell'aspetto di quello di Mac, mi chiedevo come facesse a stargli nei pantaloni quando era duro a quel modo. Mi volevano. Perfino una vergine sarebbe riuscita a capirlo.

La vodka *non* era mia amica. Aspetta. Avevo desiderato Mac e Hardin *prima* di iniziare a bere. Li desideravo *ancora* entrambi, ma non c'era dubbio sul fatto che loro avessero chiuso con me.

Dovevo solamente riuscire a farmi portare a lavoro e, una volta che la ruota fosse stata sistemata, farmi lasciare l'auto nel parcheggio consegnando le chiavi alla reception dell'ospedale. Avrei pagato il lavoro di Mac tramite carta di credito – per telefono.

E non li avrei mai più rivisti.

Sospirai, sapendo di starmi comportando male. Loro non erano stati altro che gentili. Alcuni ragazzi se ne sarebbero approfittati. Loro non l'avevano fatto. Hardin mi aveva perfino offerto un bicchiere d'acqua e mi aveva ordinato di berlo tutto. Grazie a quell'idratazione, non avevo nemmeno un po' di doposbornia.

Avevo affrontato commissioni sanitarie, comitati di revisione, fatto ronde con i membri dello staff anziani più spietati. Potevo affrontare "la mattina dopo" con due uomini del Montana.

Era così ingiusto, una mattina dopo senza sesso!

Entrai in salotto, l'aroma di caffè che si faceva più forte.

«Buongiorno,» disse Mac, uscendo dalla cucina.

Io mi bloccai, abbassai lo sguardo sul pavimento di legno, poi lo sollevai e incrociai i suoi occhi scuri. Indossava una maglietta a maniche corte nera e dei jeans, con dei calzini ai piedi. Ero stata così ubriaca da non ricordarmi che aveva dormito nel letto con me o che era venuto a prendersi dei vestiti nell'armadio?

«Ciao,» mormorai. Mi guardai attorno in cerca di

Hardin. Era così grosso: non è che potesse nascondersi dietro una pianta.

Come se mi avesse letta nel pensiero, lui disse, «Hardin è tornato a casa dopo che ti sei addormentata. Doveva incontrare suo fratello per colazione alla tavola calda.»

Io annuii, ma fui delusa dal fatto che non ci fosse. A prescindere da quanto mi sentissi in imbarazzo, volevo rivederlo. Mi sentivo stupida nel pensare che sarebbe rimasto a dormire a casa di Mac. Aveva un appartamento tutto suo... da qualche parte. Aveva una vita. Dei progetti. Chiaramente un fratello. Quelle nuove sensazioni mi fecero rendere conto di quanto in fretta mi fossi innamorata di lui. Com'era anche solo possibile?

«Caffè?» chiese Mac, distogliendomi dai miei pensieri.

«Volentieri,» risposi.

Lui si voltò e andò in cucina. Lo seguii, fermandomi sulla porta. Lui era rivolto verso la macchinetta del caffè.

«Mac, io, um... mi dispiace per come mi sono comportata ieri sera.»

Lui mi guardò da sopra la spalla, gli occhi dapprima sui miei, poi a scorrermi lungo il corpo. «A me no.»

«Ma ti sono saltata addosso.» Chiusi gli occhi. «E ad Hardin.»

Lo sentii ridere e lo guardai confusa. «Dolcezza, qualcunque uomo vorrebbe una donna che gli saltasse addosso. Fa bene al nostro ego. Fidati di me, non dispiace minimamente neanche ad Hardin.» Andò al frigo.

«Ho fatto molto più di quello.»

«Eccome, cazzo.»

Gemetti. «Io non faccio *mai* così. Non ho *mai* fatto nulla del genere prima d'ora.»

«Dal momento che sei vergine, non mi sorprende. Latte?»

«No,» risposi.

Lui mi passò la tazza fumante. Io ne bevvi un sorso, poi un altro. Ero abituata al pessimo caffè dell'ospedale, ma quello era delizioso. «Come puoi essere tanto tranquillo al riguardo?»

Lui inarcò un sopracciglio, poi incrociò le braccia sul petto ampio. La cucina non era grande, ma era immacolata con dei banconi in granito ed elettrodomestici inossidabili. C'erano un paio di foto appese al frigo, ma non le guardai. Non potevo, non con Mac che mi scrutava tanto intensamente. «Pensi che sia tranquillo? Ti ho dovuta guardare sdraiata nel mio letto – *il mio letto* – che giocavi con la tua figa fino a quando non sei venuta. Così forte, pare, che sei svenuta.»

«Mac, non ricordarmelo.»

«Il fatto che sia stata la cosa più eccitante che abbia mai visto? Che dopo che sei crollata, ho dovuto menarmelo nella doccia prima di andare a dormire? Che ce l'avevo ancora talmente duro dopo essermi infilato nel letto per gli ospiti che mi sono dovuto fare un'altra sega?»

Riusciva a parlare con una tale semplicità di quelle cose.

«Ti ho cacciato dal tuo letto?»

«Sei potente, lo sai?» mi chiese.

Io mi accigliai, spingendomi gli occhiali su per il naso. «In che modo?»

«Mi fai perdere così tanto controllo. Al punto che devo menarmelo due volte per attenuare la mia voglia quel tanto che basta per riuscire ad addormentarmi. Col cavolo che avrei dormito insieme a te.»

«Questo è successo la scorsa notte,» dissi come scusa. «Probabilmente era il mio reggiseno in raso a parlare, non io.»

Lui prese la propria tazza dal bancone e ne bevve un sorso.

«Oh, quel reggiseno di sicuro mi ha parlato, cazzo. Anche ad Hardin. Pensi che ti voglia di meno adesso solo perchè è sorto il sole?»

Io feci spallucce e non dissi nulla.

Lui posò la tazza e mi si avvicinò. «Voglio spingerti contro il frigo e baciarti fino a perdere i sensi. Toglierti quei pantaloni da infermiera, metterti sulla cucina, inginocchiarmi e divorarti la figa per colazione.»

All'improvviso mi sentii molto accaldata. Vogliosa. Mi desiderava veramente. Ancora. E il *modo* in cui mi voleva. Nessun ragazzo era mai stato così. L'idea della testa di Mac tra le mie cosce, la sua barba mattutina che mi sfregava contro la pelle delicata... «Oh.»

«Già, oh.»

«Perchè non l'hai fatto ieri sera?»

«Ti vogliamo sobria, dolcezza. Vogliamo che ti ricordi tutto quello che facciamo con te. Specialmente se è la tua prima volta. Non siamo degli stronzi.»

«Entrambi? Cioè, Hardin non c'è.»

«Entrambi. Hardin è andato a casa e, ne sono certo, gli sarà esploso un testicolo più di una volta al solo pensiero di quel reggiseno rosso e di averti guardata venire. Fidati di me, ti vuole.»

Il mio cuore perse un battito alle sue parole. «E' la seconda volta che dici *volere* al presente. Non al passato.»

«Esatto. E lo dirò di nuovo. Noi ti *vogliamo*.» Mi prese la tazza e la posò sul bancone accanto alla sua, il tutto senza distogliere lo sguardo. Le sue mani mi si posarono in vita e lui mi fece voltare così da farmi indietreggiare verso il frigo. Nervosamente, io mi spinsi di nuovo gli occhiali sul naso.

Lui si chinò e mi baciò. L'ulima cosa che vidi fu la sua bocca che calava sulla mia.

Oh! Ci eravamo baciati la sera prima, ma non era stato così. L'alcol rendeva le cose facili, ma le annebbiava anche. Quel bacio fu in alta definizione. Sentii la morbidezza delle sue labbra che sfregavano sulle mie, la pressione del suo corpo, la sensazione della sua maglietta sotto le mie dita quando la afferrai. Sapeva di caffè e di menta, c'era l'odore del suo sapone, virile ed oscuro.

Quando approfondì il bacio, la sua lingua che trovava la mia, prendendola d'assalto, io piagnucolai, poi gemetti. Ero già stata baciata in passato, ma era stata una sciocchezza da nulla. Ragazzi che volevano fare qualcosa con la secchiona. Li avevo respinti tutti.

Ora sapevo perchè. Avevo atteso quello. Mac. Ed Hardin.

Non avevo idea per quanto ci baciammo, ma alla fine lui indietreggiò, il suo sguardo più scuro di prima.

«Hai intenzione di mangiarmi per colazione, adesso?»

Lui si voltò, posò le mani sul bancone e sembrò contare. «Se ti tolgo quei pantaloni, non li rimetterai per molto, molto tempo. Assaggiarti per la prima volta, farti venire sulla mia bocca, non mi basterà. Quando ti scoperemo, dolcezza, non lo faremo di fretta, non lo faremo sulla cucina e non lo farò solo io.»

Io lo desideravo ardentemente, lui e ciò che aveva detto che voleva farmi. Avevo i capezzoli duri e sembrava che lui ed Hardin fossero gli unici che mi rendessero vogliosa. Con solo un bacio, volevo di più. Mi mancava Hardin, avrei voluto che ci fosse anche lui lì a baciarmi.

«Anche Hardin?»

«Pensi che lui si tirerebbe indietro?»

«Ieri sera se n'è andato a casa.»

«Sei così fottutamente intelligente, ma sembra che questo ti sia difficile comprenderlo.»

Io abbassai lo sguardo a terra.

«Hardin se n'è andato perchè aveva il cazzo duro e voleva occuparsene. Come ti ho detto ieri sera, l'unica volta in cui io e lui lo tireremo fuori l'uno davanti all'altro sarà se ci sarai tu in mezzo a noi. Cosciente.»

«Oh.» A quanto pareva mi aveva ridotta a rispondere spesso così.

«È grande e grosso, dolcezza, ma non è poi così forte. E non lo sono nemmeno io. Non quando si tratta di te.»

Si voltò di scatto, avanzando prepotentemente verso di me. «Mac!» esclamai quando lui mi tirò giù i pantaloni. Mi caddero attorno alle caviglie.

«Porca puttana,» mormorò, poi mi sollevò sulla cucina. «Dove sono le tue mutandine?»

Io strillai perchè il granito era freddo. «Sono sporche,» replicai.

«Giusto, ci hai fatto vedere quanto eri bagnata.»

«Mac!» esclamai di nuovo, mortificata. «Che stai facendo? Non può essere igienico.»

Lui ridacchiò mentre si inginocchiava, per poi farmi allargare le gambe.

«Poggia le mani dietro di te e preparati.»

Mi baciò lungo l'interno coscia ed io trasalii, posando i palmi alle mie spalle sul granito. «Pensavo che non avessi intenzione di farlo adesso. Devo andare al lavoro.»

«Ho cambiato idea. Se è sempre come ieri sera che sei venuta così in fretta, non ci vorrà molto.»

Quando la sua lingua mi scorse addosso, impennai i fianchi e seppi che aveva ragione. Non ci sarebbe voluto molto affatto.

7

Hardin

«Caffè, ragazzi?»

«Sì, grazie,» dissi alla cameriera.

Io e Mark ci trovavamo alla tavola calda per la nostra colazione mensile.

La cameriera era carina, tutta minuta e formosa e con un bel sorriso facile. Mark le fece l'occhiolino e le rivolse il suo classico ghigno con quei denti ridicolmente bianchi. Lei arrossì.

Io roteai gli occhi.

Mio fratello sarebbe stato in grado di eccitare perfino una suora e non avevo dubbi che quella cameriera briosa sarebbe stata una facile preda per lui.

Io? Non ero interessato a lei. Io pensavo a Sam, a lei sdraiata sul letto di Mac, le gambe aperte, una mano nei pantaloni a masturbarsi. Non era una seduttrice esperta, quello era certo, cazzo, ma per me lo era stata. Mi venne duro e dovetti agitarmi sul divanetto per mettermi più comodo. Me l'ero menato due volte da quando me n'ero andato da casa di Mac, una volta quando ero tornato nel mio appartamento e poi di nuovo poco tempo fa nella doccia.

«Hai visto la partita?» mi chiese Mark dopo che la cameriera se ne fu andata a prendere le ordinazioni di un altro tavolo. La tavola calda era affollata per essere una mattina nel mezzo della settimana, perfino alle sei e mezza.

Annuii. Mark era seduto di fronte a me. Non ci assomigliavamo per niente. Io avevo il fisico da taglialegna di nostro padre. Mark non era piccolo col suo metro e ottanta, ma aveva seguito il football dalle tribune invece che in difesa, come avevo fatto io. Aveva i capelli molto più scuri dei miei, per quanto fossero deliberatamente striati di grigio adesso che aveva superato la quarantina.

«Non riuscivo a credere che avessero segnato un touchback negli ultimi due minuti.»

La cameriera ci lasciò due tazze e una caraffa di caffè.

«Dimmi, bambola. C'è un uomo nella tua vita?»

Lei arrossì alle sue parole e distolse lo sguardo, ritrosa. «No.»

«Come ti chiami?»

«Sarah.»

Io stimai che i suoi capelli biondi fossero naturali, che avesse compiuto da poco vent'anni e che stesse probabilmente lavorando per pagarsi il college. Sembrava piuttosto carina, ma troppo giovane, perfino per me. Mark, però? A lui non dava fastidio la differenza di due decenni.

Si sporse verso di lei. «Be', Sarah. Magari tornerò più tardi e potremo parlare così che possa conoscerti un po'. Magari andare a bere qualcosa.»

Lei fece scorrere lo sguardo lungo la fila di tavoli, riflettendoci.

Io mi limitai a starmene seduto a guardare. Era ridicolmente divertente guardare mio fratello in azione. «Faccio il dottore all'ospedale e lui è mio fratello. Può garantire lui per me.»

Lei mi guardò ed io feci spallucce. Mi scrutò come se mi stesse scartando come materia prima per un appuntamento. Non stavo emettendo alcun segnale. Mark lo faceva abbastanza per entrambi. Si era perfino giocato la carta del dottore.

Lei si morse un labbro. «Stacco alle tre.»

Mark si appoggiò allo schienale e annuì, a quanto pareva con la questione ormai decisa.

«Posso avere il piatto speciale con le uova?» chiesi io. «E un toast integrale.»

Sarah sbattè le palpebre e tirò fuori il blocchetto per le ordinazioni. «Scusa, sì. Certo. Al tegamino?»

Prese entrambe le nostre ordinazioni, rivolse un sorriso timido a Mark e se ne andò.

«Cristo, tu sei pazzo.» Afferrai una bustina di zucchero e la aprii.

Mark sogghignò, versandoci il caffè. «Mi affascina come due fratelli con geni simili possano essere tanto diversi in fatto di donne. Io non faccio che divertirmi. Tu non fai che... cazzo, non ne ho idea. Quand'è l'ultima volta che ti sei fatto una scopata?»

«Non ho intenzione di discuterne con te.»

«Il che significa che è passato decisamente troppo tempo.»

«Guardare te è già abbastanza divertente,» gli dissi.

Lui abbassò lo sguardo sul tavolo e sospirò. «Cazzo, fratello. È così sbagliato. Divertente era la bionda dell'altra sera.» Si sporse in avanti appoggiando i gomiti sul tavolo e abbassò la voce. «Era incredibile tra le lenzuola. Di solito devo convincerle a prenderlo nel culo, ma quella si è messa a quattro zampe, si è allargata le natiche e me l'ha dato.»

Pensai a Sam che si prendeva me e Mac nello stesso momento. Uno di noi le avrebbe scopato la figa, l'altro il culo. Eravamo ben lungi dal farlo, ma ci saremmo arrivati, le avremmo mostrato come sarebbe stato in mezzo ad entrambi. Tuttavia, non sarebbe stata una conquista. No, le avrebbe dimostrato che apparteneva a noi. Insieme.

Prima, dovevamo prenderci la sua verginità. Con calma. Senza fretta. Poi le avremmo mostrato tutti i modi in cui darle piacere. L'idea di trascorrere il resto della mia vita a farlo mi fece di nuovo agitare sul posto.

«Non vuoi mettere su famiglia?» gli chiesi. «Voglio dire, una bionda ieri sera, la cameriera questa mattina.»

Mark mescolò distrattamente il caffè con un cucchiaino. «Me la sarò fatta prima di cena,» promise, indicando con un cenno del capo il bancone principale dove la cameriera stava rilasciando lo scontrino ad un cliente. «Ne ho perfino una su cui sto lavorando all'ospedale. Non esiste che metta su famiglia. C'è troppo da divertirsi per accontentarsi di una figa sola.»

Io sollevai una mano, ridendo. «D'accordo. Divertiti.»

Non avevo intenzione di raccontargli di Sam. Non ancora. Era una cosa troppo nuova e lei era speciale. Lui non capiva come ci si sentiva a innamorarsi di una vergine con gli occhiali e un bel paio di tette in un reggiseno di raso rosso. Poteva anche essere stata eccitante da morire nel letto di Mac a masturbarsi, ma rimaneva tra di noi. Era una cosa privata. Intima. Eccitante, ma speciale.

Non avevo intenzione di rovinarla raccontando di lei al mio fratellone arrapato.

«Dovrebbe nevicare sabato. Trenta centimetri. Carichiamo le motoslitte e facciamoci un giro. Sono di riposo domenica.»

«Buona idea,» gli dissi proprio quando ci portarono da mangiare.

Mark fece l'occhiolino alla cameriera mentre io mi infilavo in bocca un pezzo di bacon. Saremmo andati in motoslitta domenica, se lui non avesse annullato per via di una donna.

SAM

Un'ora più tardi, dopo esserci fermati al mio appartamento quel tanto che bastava per farmi correre dentro a cambiarmi con degli abiti puliti – decisamente non avevo intenzione di andare al lavoro senza mutande – Mac mi lasciò all'ospedale. Aveva detto che avrebbe riparato la mia ruota e che mi avrebbe lasciato l'auto al parcheggio prima che avessi finito il mio turno.

Io mi trovavo in una trance per via di ciò che mi aveva fatto nella sua cucina e non me n'ero nemmeno accorta quando il dottor Knowles mi si era avvicinato quando ero entrata dall'ingresso delle ambulanze del pronto soccorso.

«Dottoressa Smyth.»

Non mi fermai per lui, mi limitai a strapparmi via il cappello invernale mentre mi dirigevo verso lo spogliatoio dei medici e il mio armadietto. «Dottor Knowles.»

«Ti sei fatta dei nuovi amici.» Mi aprì la porta dello spogliatoio e me la tenne per farmi passare.

Io sospirai, ma non potei discutere sul fatto che quel suo mostrarsi un gentiluomo fosse inappropriato.

«Oh?» Avevo ancora la figa che formicolava per via della bocca e delle dita di Mac ed ero felice, stranamente in pace con me stessa, e cercai di reprimere il sorriso che avevo in volto. Un orgasmo indotto da Mac valeva decisamente un bel sorriso. Andai al mio armadietto e vi inserii la combinazione così da non doverlo guardare. Sarebbe stato in grado di capire dalla mia faccia che cosa avevo combinato?

«Sei nuova in città, per cui ti darò qualche consiglio.»

«Pensavo che dovessimo discutere dei punti di sutura,» ribattei io, infilando la borsa nell'armadietto e togliendomi poi la giacca.

«Baciare il meccanico del paese non è una buona idea. Sei giovane, non hai molto giudizio.»

Io mi voltai di scatto, spingendomi gli occhiali sul naso. «Dottor Knowles, accetterò il suo consiglio riguardo a qualunque questione medica, le mie prestazioni in sala operatoria o i pazienti. La mia vita personale non è assolutamente affar suo.»

Lui mi ignorò. «Non va bene per te.»

Io ripensai a *quanto* andasse bene Mac e riuscii a sentirmi arrossire.

«Di nuovo, la mia vita personale-»

«D'accordo, scopati un detenuto. Non dire che non ti ho avvisata.» Si diresse a grandi passi verso la porta mentre io lo fissavo, elaborando ciò che mi aveva detto.

«Aspetti!» esclamai.

Lui si voltò con un ghigno. Mi aveva presa all'amo e lo sapeva.

«Si spieghi.» Non avevo intenzione di discutere sul fatto

che Mac mi stesse scopando o meno. Era la parte del *detenuto* che mi interessava.

«Il tuo fidanzato è andato in galera per aver comprato della droga.»

Cosa?

«Cocaina? Metanfetamina?» Conoscevo i segnali di entrambi nelle persone, li vedevo sempre in quanto dottore. La metanfetamina era molto più palese che non l'utilizzo di cocaina, ma non riconoscevo nessuno dei due in Mac. Dopotutto, però, il giorno prima avevo visto il suo cazzo, non un'analisi del sangue.

Lui scosse la testa. «Ossicodone.»

Dipendere da antidolorifici era una brutta cosa.

«Un uomo come lui che fa il filo ad una dolce ragazzina come te? Ti calpesterà come niente.»

Mi era saltato addosso, quello era certo. Il dottor Knowles stava insinuando che Mac mi stesse prestando attenzione per cosa, perchè voleva che gli scrivessi delle ricette per dell'ossicodone? Che quella fosse l'unica ragione per la quale Mac avrebbe potuto volermi?

Trascorsi il resto del mio turno, fra tre interventi chirurgici uno dietro l'altro, dubitando di Mac. Di me stessa. Una vergine secchiona con gli occhiali. Riflettendo su come le parole del dottor Knowles mi avessero fatta dubitare di entrambi.

Tuttavia, trovai un messaggio di Mac che mi fece battere il cuore. Inizialmente.

Seconda fila, dodicesima auto da sinistra. Le chiavi sono in reception.

Aveva aggiustato la mia ruota proprio come aveva detto.

Anche Hardin mi aveva scritto.

È domani e adesso possiamo toccarti. Ci vediamo presto.

Non avevamo programmato niente, ma... wow. Quel

messaggio. Mi eccitai al solo pensare a loro che mi mettevano le mani addosso. I loro cazzi dentro di me. Avrei finalmente rinunciato alla mia verginità. Volevo che fossero loro, sapevo che mi avrebbero fatta stare bene. Dio, mi ero eccitata solamente per un messaggio. Probabilmente sarei esplosa se avessimo fatto sesso. Non se, ma quando.

Mac. Il protettore oscuro e riservato che era un esperto del piacere orale. Hardin, notevolmente delicato per la sua stazza. Introverso. Gli piaceva toccare, abbracciare. Ti tranquillizzava al tatto. Sarebbe potuto essere un infermiere fantastico.

La mia mente, però, continuava a tornare su Mac, su ciò che aveva detto il dottor Knowles. Mac si stava mostrando gentile solo perchè voleva sfruttarmi per avere accesso agli antidolorifici?

Me lo chiesi per tutto il tragitto fino a casa, ma quell'idea morì quando entrai nel mio appartamento. Era esattamente come l'avevo lasciato quella mattina, perfettamente in ordine. Tranne per il fatto che *non era* come l'avevo lasciato. Dubitavo che chiunque altro se ne sarebbe accorto, ma il telecomando della mia TV non era nel piccolo cesto sul tavolino da caffè. Andando in cucina, vidi che la calamita che teneva il menù da asporto della pizzeria sul frigo era stata spostata di più di venti centimetri verso sinistra.

Mi batté forte il cuore e mi formicolò la punta delle dita. Trattenni il fiato, ascoltai. C'era solamente il ronzio del frigorifero, l'aria che passava attraverso le ventole del riscaldamento. La porta d'ingresso era stata chiusa a chiave. Eppure qualcuno era stato lì da quella mattina. Lo sapevo. Quei piccoli cambiamenti non erano una cosa che potessi non notare.

Corsi in camera da letto. Il cuscino decorativo sul letto fatto era al contrario, i fiori che puntavano verso il materasso. Il solo guardarlo mi dava fastidio. Non l'avrei mai messo a quel modo. In bagno, gli asciugamani non erano allineati sui loro supporti.

No.

Correndo verso la porta, afferrai le chiavi e fuggii. Non mi ero tolta la giacca nè le scarpe. Avevo ancora la borsa in spalla. Lasciai perdere l'ascensore e feci le scale due gradini alla volta fino al pian terreno, per poi uscire nuovamente al freddo. Una volta sul marciapiede, mi fermai per prendere fiato. Mi sentivo come se avessi avuto la tachicardia e la mia pressione sanguigna doveva essere vicina al colpo apoplettico. Che cosa potevo fare? Dove dovevo andare? C'era solo un luogo che mi venisse in mente.

L'officina.

C'era una cosa cui riuscivo a pensare che mi avrebbe fatto dimenticare della persona che era entrata nel mio appartamento. Due cose, in realtà.

Mac e Hardin.

A dire il vero, i cazzi di Mac e Hardin.

Ne avevo visto uno ed ero impaziente di vedere l'altro – e in azione. Tutta l'adrenalina dello scoprire che qualcuno era stato nel mio appartamento adesso era concentrata altrove. In una maniera decisamente migliore.

Mentre attraversavo la città in auto, mi resi conto che quello era il momento. Quello che avevo atteso per venticinque anni. Dopo tutti i ragazzi che erano passati prima, stavo per farmi scopare da due uomini bellissimi.

Prima di perdere la mia determinazione, entrai nell'officina, attraversando la zona reception vuota e introducendomi nel reparto di servizio. C'era un'auto sollevata su un ponte. Un'altra con il cofano aperto. L'area era pulita tenendo conto di tutti gli oli da motore raffinati.

«Ma ciao,» mi disse Hardin, avvicinandosi dal retro. Si stava asciugando le mani con uno straccio.

Il sorriso sul suo volto indicava che fosse felice di vedermi.

«Ciao,» risposi senza fiato.

«Mac!» esclamò lui. «C'è Sam.»

Mac uscì da una sala sul retro, avanzando verso di noi con quella sua andatura lenta e casual. Mi ricordai delle parole del dottor Knowles riguardo al fatto che Mac fosse stato in prigione per aver comprato droga. Dubitavo che avesse mentito: sarebbe stato piuttosto facile per me controllare. Mettevo in dubbio le ragioni del dottor Knowles perchè sembravano meschine, come se avesse desiderato impedirmi di stare con Mac invece di volermi proteggere da lui.

Non conoscevo Mac molto bene, ma d'istinto avevo guidato fino all'officina dopo l'effrazione perchè... perchè? Perchè mi fidavo di loro. Lui non aveva fatto nulla per farmi pensare altro se non ciò che mi dimostrava. Di essere un gentiluomo, uno che si era messo in ginocchio nella sua stessa cucina per divorarmi la figa. Un bravo ragazzo e un cattivo ragazzo insieme. E Hardin? Lui e Mac erano amici. Anche lui un bravo ragazzo. Non avrebbe gestito un'attività con Mac se non l'avesse ritenuto degno.

Era quello il genere di cose da cui mi avevano messa in guardia i miei genitori – non proprio il farsi leccare la figa, ma l'innamorarsi di estranei – quando avevo pestato i piedi e mi ero trasferita a Cutthroat, dal momento che ero tanto ingenua, giovane e ignara. Un paio di drink, un paio di baci e avevo perso ogni giudizio. Non era così?

Tuttavia, non avevo paura, non mi sentivo preoccupata, dubbiosa, cauta. Non provavo altro che trepidazione. Volevo Mac. Volevo Hardin. Stavo commettendo uno stupido errore? Probabile. La mia figa decisamente stava riflettendo al posto mio. Un orgasmo indotto da Mac mi aveva resa vogliosa di un altro. E con anche Hardin lì... avrei scoperto la verità, ma più tardi. Dopo aver scoperto che cosa mi fossi persa. Dopo il sesso. Era una funzione biologica che volevo sperimentare.

Subito.

«Sto interrompendo il vostro lavoro?»

«Sì,» dissero entrambi nello stesso momento.

Io risi perchè chiaramente non ne erano infastiditi. «Io... um, be'.»

«Va tutto bene?» mi chiese Hardin, accarezzandosi la barba. «Giornata dura in ospedale?»

Sbattei le palpebre. «Mi stai chiedendo della mia giornata?»

«Sì. Probabilmente il tuo lavoro prevede dei momenti difficili.»

Nessuno aveva mai controllato come me la cavassi. La preoccupazione di Hardin mi fece sentire bene. Mi fece anche sentire uno schifo perchè mi fece rendere conto di quanto fossi stata sola.

«Oggi è andata bene. Niente problemi gravi o decessi.» Mi aveva chiesto come fosse andata la mia giornata. Non avevo intenzione di raccontare loro dell'effrazione nel mio appartamento. Non in quel momento. Avrebbero dato di matto ed io volevo del sesso, non un'esercitazione antincendio. Volevo dimenticarmene, se non altro per un po'. Mi schiarii la gola e mi spinsi gli occhiali sul naso. «La definizione di una promessa è la garanzia che uno faccia una cosa in particolare o che succeda una cosa in particolare.»

Mac incurvò le labbra. «E cosa ti è stato promesso, dolcezza?»

«Sesso. Oggi.»

«Non qui,» disse Hardin, sollevando le braccia per indicare l'area di lavoro.

«Sì, sono certa che infrangeremmo diverse clausole assicurative,» dissi io. «È un ufficio quello là in fondo?» Indicai la porta da cui era uscito Mac.

«Sì,» rispose lui.

«Una scrivania andrà bene.» Mi diressi da quella parte.

Hardin rise. «Nessuna donna dovrebbe farlo per la prima volta nel retro di un'officina.»

Io mi fermai sulla porta, osservai la classica scrivania e gli schedari, ma mi concentrai su un vecchio divano in pelle. L'aria era intrisa dell'odore di olio motore. Non era romantico, ma io non ero tipo da romanticismo. Ero realista, e quello era il più reale possibile.

Io. Due uomini. Un divano.

«Una donna dovrebbe farlo per la prima volta ovunque lo voglia,» ribattei.

Hardin entrò nella stanza. Il suo sguardo mi scrutò in volto. «Sei seria.»

Annuii.

«Non vuoi un letto? Delle lenzuola morbide? Probabilmente farà un po' male.»

Io abbassai lo sguardo sulla parte anteriore dei suoi pantaloni. «Se il tuo cazzo assomiglia anche solo a quello di Mac, sono certa che lo farà. Ma tu ti stavi riferendo alla rottura del mio imene.» Agitai una mano per aria. «Quello è successo molto tempo fa.»

Mac si appoggiò alla porta aperta. «Se sei vergine, com'è successo? Andando a cavallo?»

Io risi. «Non sono mai andata a cavallo prima d'ora e durante i miei turni in ostetricia e ginecologia non si è mai parlato di una cosa del genere. Per quanto immagino che, trovandoci a Cutthroat, sia più probabile qui che non in centro a Boston.»

Mac si scostò dallo stipite e avanzò verso di me. Abbassò il mento per scrutarmi attentamente. «D'accordo, dolcezza. Dimmi come hai fatto a preparare quella figa per i nostri cazzi.»

«Ho comprato diversi sex toy.»

Hardin gettò indietro la testa e rise. «Hai svolto una ricerca scientifica sulla masturbazione?»

Io scossi la testa. «No, sulla gratificazione sessuale.»

Mac emise uno strano verso dal fondo della gola un attimo prima di baciarmi. A lungo, con forza. Profondamente. «Penso che la tua ricerca sia incompleta, non trovi?»

Io sbattei le palpebre un paio di volte quando lui sollevò la testa. «Decisamente. Ciò che hai fatto stamattina è stato esponenzialmente meglio di qualunque cosa abbia mai fatto io da sola.»

«Me l'ha raccontato. Sono fottutamente geloso,» borbottò Hardin.

Le dita di Mac corsero alla zip della mia giacca, facendola scivolare verso il basso. «Hardin, chiudi a chiave. E torna di corsa qui. Tocca a te fornire altro materiale per la ricerca della dottoressa.»

«Con piacere,» Hardin praticamente ringhiò, abbandonando rapidamente l'ufficio.

«Eri nuda quando conducevi le tue ricerche?» mi chiese Mac, le sue dita che raggiungevano l'orlo della parte superiore della mia divisa, le nocche che mi sfioravano il ventre.

Io scossi la testa.

«Primo errore. Essere nuda è *molto* importante.»

Io sollevai le braccia per lui e lui mi sfilò la maglia,

scoprendomi un capo d'abbigliamento alla volta.

«Anche voi vi spoglierete?»

«Vuoi vedere di nuovo il mio cazzo?»

«Oh, sì.»

«Anche il mio?» chiese Hardin mentre tornava nella stanza, chiudendosi la porta alle spalle. Si portò le mani alla cintura e, con dita abili, la slacciò.

«Vi voglio entrambi, e non per scopi di ricerca. Vi prego.»

8

Mac

Vi prego.

Adoravo quelle parole. Non ci stava implorando. Non ancora. Ma l'avrebbe fatto.

«Levati, stronzo. Tocca a me con la nostra ragazza.»

Io inarcai un sopracciglio di fronte alle parole di Hardin e fissai Sam. Aveva le guance rosse e le labbra lucide per via del nostro bacio, ma fu il modo in cui le sue tette praticamente sobbalzavano per via del suo respiro accelerato.

Cazzo. Indossava del pizzo color lavanda quel giorno, il che non le nascondeva minimamente i capezzoli. L'erezione mi premeva forte contro i pantaloni, vogliosa di entrarle dentro. poteva anche aver giocato con un po' di dildo e vibratori, Cristo, ma non erano come il sesso vero e proprio. A meno che non si fosse comprata un cazzo finto di dimensioni mostruose, non era mai stata allargata come l'avremmo aperta noi con i nostri uccelli. Dovevamo andarci piano. Prepararla.

Più che prepararla.

«Hardin ce l'ha perchè non ti ha potuto leccare la figa questa mattina.»

Lui grugnì e si lasciò andare sul divano. Era stato lasciato lì dal proprietario precedente, la pelle era vecchia e consunta, ma dubitavo che fosse mai stato rovinato come avremmo fatto noi quel giorno.

Posandole le mani sulle spalle, la feci voltare verso Hardin. Poichè lui era tanto grosso e lei no, il suo viso si trovava alla stessa altezza delle sue tette. Si chinò in avanti così che la sua bocca si trovasse a pochi centimetri da loro. Sollevò lo sguardo su di lei.

«Okay?» chiese.

Il suo consenso era stato palese quando ci aveva detto di volerci per del sesso per poi dirigersi a grandi passi verso l'ufficio per ottenerlo. Essendo la sua prima volta, però, non aveva idea di cosa la aspettasse ed io ero grato che lui stesse controllando che fosse d'accordo. Il suo corpo poteva anche essere voglioso, ma quel suo cervellino intelligente avrebbe potuto mettersi ad analizzare troppo le cose e farle cambiare idea.

«Sì.»

Le feci scivolare le dita lungo la pelle liscia delle spalle, trascinandomi dietro le spalline del suo reggiseno. Le scivolarono giù fino ai gomiti. Lei trasse un brusco respiro e si tenne ferma.

Io le slacciai il fermaglio sulla schiena e quell'indumento in pizzo cadde a terra.

«Porca puttana,» ringhiò Hardin.

Essendo molto più alto, avevo un'ottima visuale di quei globi gloriosi. Non troppo grandi, ma decisamente floridi per la sua figura minuta. I suoi capezzoli si indurirono mentre li guardavamo.

Hardin ne prese uno in bocca e succhiò. Lei gli portò immediatamente le mani tra i capelli, afferrandoli con forza.

Trasalì. Lui gemette. Io li fissai, mi slacciai il bottone dei jeans e calai la zip per dare al mio cazzo un po' di respiro.

Lui giocò con un seno mentre leccava e mordicchiava, succhiava e strattonava l'altro. Fece avanti e indietro fino a quando lei non si ritrovò a dimenarsi e a gemere. La sua reattività era la cosa più eccitante di tutte, cazzo.

Lui si ritrasse e sollevò lo sguardo su Sam. «Voglio giocarci ancora un po'. Più tardi. Ora cavalcami la faccia.»

Lei si acciglió. Hardin sollevò lo sguardo su di me ed io annuii.

Aggirandole la vita, strattonai giù l'elastico dei suoi pantaloni, togliendoglieli, e la tenni in equilibrio mentre lei si sfilava le scarpe.

«Proprio come pensavamo, le mutandine si abbinano al reggiseno,» commentai, osservando come il pizzo le coprisse il culo a forma di cuore.

«Levatele,» le disse Hardin mentre si voltava e si sdraiava, poggiando un gomito sul divano.

Lei non esitò e sfilarsele fino a restare nuda.

Hardin si grattò la barba mentre la osservava, ma solamente per qualche secondo. Con la rapidità che un uomo grande e grosso come lui non avrebbe dovuto possedere, la prese per mano e la strattonò verso di sè. Ricadde sul divano sdraiandovisi sopra. Aveva un piede appoggiato alla seduta, col ginocchio piegato, e l'altro a terra.

«Hardin!» esclamò lei mentre lui la maneggiava facilmente sistemandosela a cavalcioni sul petto.

«Riesco a sentire quanto la tua figa sia calda e bagnata. Vieni qua.»

«Dove?» chiese lei.

Lui si leccò le labbra, poi la sollevò di nuovo così da mettersela proprio sulla faccia.

«Qui.»

La attirò verso il basso così da posarle la bocca addosso.

«Oh!» esclamò lei, e lui ci diede dentro, divorandosela.

Una mano sbattè contro lo schienale del divano e lei cominciò a dimenarsi, muovendo i fianchi sulla faccia di Hardin.

Io mi infilai una mano nei pantaloni, mi tirai fuori il cazzo e lo afferrai alla base mentre la guardavo venire. Hardin ci sapeva fare e Sam era fottutamente reattiva. Mi facevano male le palle a guardarla piegare indietro la testa, bocca aperta mentre urlava. Le sue tette si spinsero in fuori mentre inarcava la schiena.

Era così fottutamente bellissima.

E tutta nostra.

Quando finalmente si tranquillizzò, Hardin se la rimise sul petto, ripulendosi la bocca col dorso della mano. «Così fottutamente dolce. Direi che sei pronta per i nostri cazzi, adesso.»

Lei non parlò, si limitò ad annuire.

Hardin si voltò per guardarmi. «Preservativo.»

Ne tenevamo una scatola nello schedario. Perchè? Non ne avevo avuto idea fino a quel momento. Ne afferrai una lunga striscia, la lasciai cadere sulla scrivania, ne strappai via uno e lo gettai ad Hardin. Lui lo prese al volo e aprì la bustina.

«Guarda come riduci Mac,» disse.

Lo sguardo di Sam era fisso sul mio cazzo, proprio come lo era stato al pronto soccorso. Invece di mostrarsi un sacco sorpresa come all'epoca, me lo stava guardando come una prostituta che si faceva pagare profumatamente. Come se avesse avuto voglia di succhiarmelo e di scoparselo con forza. Dal momento che non aveva mai fatto nessuna delle due cose fino a quel momento, sapevo che la sua espressione era genuina. E se quello non mi faceva esplodere come un geyser...

«L'hai già visto così, non è vero, dolcezza?»

Annuendo, lei abbassò lo sguardo su Hardin. «Voglio vedere anche te.»

Lui non sbattè nemmeno le palpebre, si limitò a sollevarla nuovamente e a spostarla verso il basso così che gli fosse a cavalcioni sulle cosce. «Tiralo fuori.»

Aveva la cintura già slacciata e lei gli aprì diligentemente i jeans. Lui la aiutò sollevando i fianchi così che potesse tirarglieli giù lungo le cosce e liberare il suo cazzo. Non ne avevo avuto idea, ma sembrava che nemmeno a lui piacesse indossare le mutande. Ce l'aveva duro, spesso e voglioso di Sam. Non mi interessava il suo cazzo: mi interessava l'espressione che avrebbe fatto Sam quando se lo fosse preso dentro, facendosi aprire la figa per la prima volta.

Non ero geloso del fatto che non sarebbe toccato a me. Tutto ciò che facevamo in quell'ufficio era la sua prima volta. Avrebbe conosciuto entrambi i nostri cazzi, sempre.

SAM

OH. Mio. Dio. Non era così che me l'ero immaginato. *Affatto*. Ne conoscevo la biologia. L'eccitazione. Il pene nella vagina. L'eiaculazione. Mi ero immaginata una posizione alla missionaria. Un letto. Luci soffuse. Delle spinte. Dei grugniti. Sudore.

Fino a quel momento non avevo fatto nessuna di quelle cose con Mac o Hardin. Ed ero venuta due volte.

Hardin strappò la carta del preservativo con i denti. «Guarda e impara come infilarne uno dopodichè potrai metterlo tu a Mac quando toccherà a lui.»

Io mi morsi un labbro, cercando di non ridere.

«Cosa c'è di tanto divertente?» chiese Hardin, fermandosi con il preservativo tra le dita.

«Io non faccio *mai* nulla normalmente. Voglio dire, quale donna va a letto con due uomini?»

«Non molte,» concordò Mac. Era in piedi come lo era stato nel pronto soccorso, con una mano alla base del proprio uccello.

«Esattamente. E per una prima volta? Mi sto rendendo conto che non sarò mai normale.»

«Bene,» disse Mac. «Normale è noioso, cazzo.»

«O annoia i cazzi,» commentò Hardin, poi si mise all'opera col preservativo.

Io prestai grande attenzione a come lo srotolò leggermente per fare un cappuccio in cima che poi posizionò sulla punta del suo enorme cazzo. *Era* immenso. Più spesso di quello di Mac, più scuro. Lo guardai afferrarselo alla base e srotolare il profilattico fino a coprirlo del tutto.

«Hai detto di non essere mai stata a cavallo, ma è arrivato il momento di farti una cavalcata,» disse Hardin.

«Vuoi che stia *io* sopra?»

«Controlli tu il ritmo, ti prendi tutto il tempo che ti serve.»

«Ma-»

«Sta pensando troppo,» disse Mac, ed io mi voltai a

guardare lui. Si limitò ad inarcare un sopracciglio, sfidandomi a ribattere.

Hardin arricciò un dito. «Vieni qui.»

Io mi chinai e lo baciai. La sua lingua trovò la mia e si diede da fare. Ad un certo punto, mi aveva spostato le mani sul bracciolo del divano. «Su,» mi disse.

Io mi accigliai, ma feci come mi aveva detto. Sporgendomi in avanti, i miei seni si trovarono proprio davanti al suo viso. Lui li prese delicatamente, li premette tra di loro, li massaggiò e poi cominciò a giocare con i capezzoli. Dio, adoravo la sua bocca, le sue dita. Era come una magia leggermente dolorosa.

Mi dimenticai che Mac ci stava guardando. Mi dimenticai di trovarmi nel retro di un'officina. Mi dimenticai di chi fossi. Mi limitai a *sentire*.

Cominciai a muovermi, desiderando di più. Avendone bisogno.

Trasalii quando sentii delle dita sulla mia figa che mi accarezzavano la pelle gonfia.

«È bagnata. Così fottutamente bagnata,» mormorò Mac.

Io cominciai a dimenarmi, volendo che facesse qualcosa. «Ti prego,» implorai.

Lui mi insinuò un dito dentro ed io trasalii, stringendomici attorno. Sapevo che non era nulla rispetto a ciò che Hardin aveva in mezzo alle gambe, ma mi piacque. Lo anelavo.

«Di più,» dissi. «Ti prego, oddio, è così bello.»

Tra il dito di Mac e la bocca di Hardin, ero di nuovo a un passo dall'orgasmo.

«Sali su quel cazzo, dolcezza,» mi disse Mac. La bocca di Hardin era impegnata.

Io feci scorrere le ginocchia accanto ai fianchi di Hardin

e il dito di Mac mi scivolò via da dentro. Sollevandomi, mi tenni sospesa su di lui.

«Brava ragazza, ora afferraglielo. Più forte. Alla base, così. Sì. Adesso infilatelo dentro. Vacci piano.» Mac mi diede istruzioni. Io ascoltai le sue parole, quanto carnali e sporche fossero. «Guardalo che ti allarga quella figa. Cazzo, è eccitante da morire. Torna su, adesso giù. Guarda quanto ne hai preso di più.»

Continuò a parlare mentre io mi calavo sul cazzo di Hardin. Non fu facile. Non era *minimamente* come i dildo con i quali avevo giocato. Quelli a confronto erano piccoli. Mi fece male, il farmi allargare, ma fu anche bello. Ce l'aveva duro e caldo, così spesso.

«Cazzo, sei così stretta,» mi disse lui, il suo fiato che mi colpiva i capezzoli. «Mi stai uccidendo.»

Io abbassai lo sguardo su di lui, sul sudore che gli imperlava la fronte, sulla mascella serrata.

Continuai a muovermi, continuai ad alzarmi e abbassarmi, scopandomi lentamente su di lui. «Ci sono quasi.»

«Sì, ci sei. Sei una così brava ragazza, a prenderti il suo cazzo grosso,» mi cantilenò Mac, la sua mano che mi accarezzava la schiena. «Sei così fottutamente bella. Perfetta.»

Finalmente. *Finalmente* mi trovai seduta in grembo ad Hardin, ma avevo il suo cazzo dentro fino in fondo. Raddrizzai la schiena e trasalii, la sua punta che mi colpiva a fondo. Poggiai le mani sul suo petto, sentii i suoi muscoli muoversi sotto la camicia.

Mentre io ero completamente nuda, loro si erano tirati fuori solamente il cazzo.

«È arrivato il momento di muoverti, altrimenti mi renderò ridicolo.»

Io mi accigliai, riflettendo.

«Non farla pensare,» sbottò Mac.

Le mani di Hardin corsero ai miei fianchi e lui mi sollevò così che solamente la punta stondata del suo cazzo mi rimanesse dentro, per poi spingermi di nuovo giù.

«Oddio,» urlai.

Hardin sogghignò. «Ancora?»

«Assolutamente.»

Nonostante fossi io sopra, mi stava guidando lui, la sua forza che gli rendeva facile scoparmi. Il disagio svanì e le incredibili sensazioni che mi stava risvegliando dentro mi fecero muovere da sola. Le sue mani si scostarono mentre io trovavo un ritmo tutto mio. Mi mossi in cerchio. Mi alzai. Mi abbassai. Ondeggiai di nuovo.

Hardin si leccò un pollice, poi lo abbassò in mezzo a noi, sfiorandomi il clitoride e-

«Sì!» urlai non appena venne in contatto con quel punto *molto* sensibile un paio di volte.

Mi contrassi, lo strizzai, lo cavalcai come volevo, rapita da ogni singola goccia di piacere.

La presa di Hardin si strinse sui miei fianchi e lui si spinse con forza dentro di me, si tenne a fondo e gridò venendo.

Io sogghignai – era impossibile non farlo – e lasciai ricadere la testa.

«Era questo che mi ero persa?» domandai, sfinita.

Hardin sembrava aver corso una maratona. Sentendomi avventurosa, io afferrai le due metà della sua camicia di flanella e la strattonai per aprirla. Un paio di bottoni volarono dall'altra parte della stanza, rimbalzando sul pavimento di cemento.

«Oh sì,» dissi, impaziente di far scorrere le mani sulla sua pelle nuda. Era calda al tatto, morbida, ma riuscivo a sentire i muscoli duri al di sotto. Aveva dei peli morbidi sul petto, non troppi, il giusto.

«*Noi* siamo ciò che ti eri persa,» chiarì Hardin. Forse aveva ragione. Avrebbe potuto non essere così con nessun altro.

«Tirati su,» mi disse, sollevandomi con cautela. «Dobbiamo liberarci del preservativo.»

Io mi ritrassi, sedendomi nell'angolo opposto del divano mentre lui si alzava e andava verso il cestino. «Di nuovo, non è igienico,» dissi, rendendomi conto di essere ancora una volta nuda su una superficie pubblica.

«Dolcezza, non guarderemo mai più questo divano nello stesso modo dopo questo,» disse Mac. «Sdraiati per il secondo round.»

Io mi spostai, scivolando giù così da sdraiarmi sulla schiena. Ad un certo punto, lui si era messo un preservativo ed era pronto a partire.

«Vogliosa?» mi chiese.

«Sei tu che sembri voglioso. Togliti la maglia,» dissi a Mac.

Hardin si lanciò un'occhiata alle spalle mentre Mac si sfilava la maglietta dalla testa. Anche lui aveva dei peli sul petto, più scuri di quelli di Hardin. Mentre Mac era ben muscoloso – volevo fargli scorrere le mani su quegli addominali a tartaruga – era più piccolo di Hardin. Spalle più strette, fianchi più snelli. Furono i tatuaggi a catturare la mia attenzione, troppi per concentrarmi su uno solo. Alcuni erano monocromatici, altri colorati. Forme geometriche, parole, figure che gli coprivano un braccio e parte del torso.

Poggiò un ginocchio sul divano. «Ho voglia di te sin dalla prima volta che ti ho messo gli occhi addosso.»

Chinandosi, si sdraiò su di me, la maggior parte del suo peso trattenuta dalla mano che aveva posato accanto alla mia testa, ma mi premette comunque contro i cuscini. Io sentii ogni singolo – durissimo – centimetro di lui. Dio, che sensazione. Non avevo idea di potermi sentire tanto dominata, tanto al sicuro, con un uomo addosso.

«Di più?» mi chiese, il suo sguardo che si spostava dai miei occhi alle mie labbra e viceversa.

«Di più,» esalai.

«Non sei troppo indolenzita?»

Io scossi la testa. Lo ero un po' perchè Hardin ce *l'aveva* grosso, ma era bello.

«La prima volta che hai parlato dei dildi con cui ti sei scopata, devo ammettere che sono stato un po' geloso. Ora sono felice che tu li abbia usati. Le vergini non riescono a prendersi facilmente un uomo, figuriamoci due.»

Io gli sorrisi. «Non sono più vergine.»

Hardin emise un buffo verso mentre si infilava nuovamente l'uccello nei pantaloni, poi si lasciò cadere sulla sedia della scrivania per guardarci.

Lentamente, con cautela, Mac si spinse dentro di me. «Oh, cazzo. Merda, no, non lo sei,» ringhiò, chinando la testa e baciandomi.

Divorò i miei versi, i miei gemiti mentre mi scopava, la sua lingua che mimava ciò che stava facendo il suo cazzo.

Hardin era quello tranquillo, quello a cui piaceva toccare, ma era stato violento nella sua scopata – o se non altro così avevo pensato. Mac fu l'opposto. Lui era quello selvaggio, ma adesso era delicato. Lento. Paziente da farti perdere la testa.

Gli misi le mani in vita, facendole scivolare giù a prendergli le natiche al di sotto dei jeans, per sentire quei muscoli tesi muoversi mentre mi prendeva.

«Mac,» esalai quando lui mi baciò il collo, mordicchiandomi l'orecchio. Piegai la testa per fornirgli maggiore accesso, sollevai un ginocchio all'altezza del suo fianco, che scoprii fece cambiare l'angolazione della sua penetrazione. Trasalii di fronte a quella sensazione deliziosa.

«Bellissimo, dolcezza. Fottutamente bellissimo.»

Mi scopò su quel divano con una precisione spietata e paziente. Io cercai di sollevare i fianchi per prenderlo di più, per farlo andare più veloce. Più forte. Lui non voleva saperne. Aveva lui il controllo. E quel controllo mi permise di lasciarmi andare, di cedere a lui tutto ciò che avevo nella testa, nel corpo e nell'anima.

Venni con un verso strozzato, il piacere che mi travolgeva in ondate morbide, ma potenti.

«Merda, ti stai stringendo. Cazzo.» Lasciò cadere la testa vicino alla mia, si mantenne a fondo dentro di me e venne, il suo petto che premeva contro il mio. Riuscivo a sentire il suo battito accelerato, il suo respiro affannato.

Non era stata una cosa clinica. Non mi era sembrata nemmeno biologica. Era stata... istintiva. Come se qualcosa di primordiale dentro di me fosse stato liberato. Non avevo mantenuto minimamente il controllo sul modo in cui il mio corpo aveva reagito ed era chiaro che Hardin e Mac fossero stati incapaci di fare lo stesso.

Non si era trattato di un rapporto sessuale. Era stata una scopata.

Pura e semplice.

E ciò mi fece sorridere.

9

Hardin

Porca. Di quella. Puttana.

Era stato intenso. Il legame più potente che avessi mai provato con una donna. E l'avevamo fatto sul vecchio divano nel retro dell'officina. Guardare Sam farsi aprire la figa per la prima volta e sapere che ero io a farlo era stata una cosa che non avrei mai dimenticato. Il modo in cui aveva spalancato gli occhi sorpresa. Il modo in cui si era morsa le labbra concentrata. E quando aveva perso quella concentrazione e gli istinti basilari avevano preso il sopravvento.

Era stato... incredibile.

Quando mi ero seduto su quella sedia scomoda a guardare Max prendersela a sua volta, a guardarla trarre piacere non solo da me, ma anche dal mio migliore amico... cazzo.

Ero così fottutamente contento. Entusiasta. *Quello* era ciò di cui parlavano certi uomini. Come fosse diverso, *migliore*, con la donna giusta. Mark non avrebbe capito, ma a me non fregava un cazzo.

Era tutto.

Ed io ne volevo di più. Ancora.

Mac si tirò via da Sam e andò a liberarsi del preservativo. Lei non si mosse, sazia e chiaramente felice, nuda e inconsapevole di che aspetto avesse. Aveva la gambe aperte, la figa in vista. Quei peli erano rasati e biondi, le labbra rosee gonfie e arrossate. Riuscivo a vedere quanto fosse bagnata.

Ce l'avevo di nuovo duro, impaziente di prenderla ancora. Una volta non sarebbe bastata. Non quel giorno, non in quell'istante.

«È arrivato il momento di scopare in un letto,» dissi.

«Il tuo appartamento,» aggiunse Mac. «Voglio vedere tutti quei giocattoli di cui parlavi.»

Lei aprì gli occhi e si mise a sedere così in fretta che pensai sarebbe caduta per le vertigini.

«No,» si affrettò a dire. Per quanto fosse bellissima nuda, con le tette perfette e proprio lì, pronte per giocarci un altro po' – cazzo, avrei potuto giocarci per ore senza annoiarmi mai – era tornata ad essere la Sam permalosa e iperconcentrata.

«Vogliamo vedere la competizione,» scherzai.

Lei scosse la testa, si spinse gli occhiali sul naso e si chinò a recuperare le proprie mutandine.

Usando i talloni, spostai la sedia sul pavimento in cemento per mettermi di fronte a lei. «Che succede, Sam?»

Lei mi guardò, sollevò una gamba e la infilò nelle mutande. «Niente.»

Mac rise. «Non esiste un *niente* con te. C'è sempre qualcosa. Sputa il rospo.»

Lei scosse la testa, cercò di infilare l'altro piede nelle mutande e quasi cadde dal divano. Le posai una mano sul braccio.

«Sam,» dissi, strascicando il suo nome.

Lei si tirò su le mutandine, il che fu un peccato, poi si fermò.

«Perchè non ci vuoi nel tuo appartamento?»

«Io... io-»

Me la attirai in grembo, stringendola tra le braccia. Cazzo, era bellissimo, la sua pelle così morbida e perfetta. Avrei voluto poterla tenere nuda per sempre. «Ce lo dirai. Adesso.»

Non avevo intenzione di lasciarla alzare fino a quando non l'avesse fatto. Tutto il suo atteggiamento era cambiato, come se avessimo premuto un pulsante.

Lei trasse un respiro profondo, il che le spinse i seni contro il mio avambraccio.

«Non voglio andarci. Qualcuno è entrato nel mio appartamento.»

«Di che cazzo stai parlando?» chiese Mac, passandosi una mano tra i capelli. Si spostò sul divano, lasciandocisi cadere sopra.

Io ci feci voltare girando la sedia per fronteggiarlo.

«Dopo il lavoro, sono andata a casa.» Trasse un respiro profondo, lo lasciò andare. «Gli asciugamani in bagno non erano allineati.»

«Sei sicura di non averli lasciati storti?» chiesi io.

Lei voltò la testa, sollevò lo sguardo su di me e inarcò un sopracciglio chiaro come se fosse stata sconvolta dal fatto che le avessi rivolto quella domanda. «Non li lascerei mai così. Non *potrei*.»

Sapevo che era precisa e ciò significava che aveva per certi versi una malattia ossessivo-compulsiva.

Probabilmente non davvero a livello compulsivo, ma le piacevano le cose in un certo modo. Vi trovava conforto.

«Che altro?» chiese Mac. La osservò attentamente, come se fosse stato in grado di estrapolare le risposte dal suo atteggiamento oltre che dalle sue parole. Io ci riuscivo. Era palese che fosse davvero turbata da ciò che aveva visto, che l'avesse infastidita.

«La calamita sul mio frigo era stata spostata da una parte all'altra. Non mi piace quando è vicina alla maniglia. Il menu delle pizze mi si scontra con la mano quando apro il freezer. Anche il telecomando della TV non era nel suo cesto sul tavolino. È entrato qualcuno.»

Il mio telecomando si trovava sulla poltrona reclinabile, dal lato destro. Sempre. Se fossi tornato a casa e l'avessi trovato invece sul tavolino da caffè, per un attimo avrei pensato di essere pazzo, poi mi sarei chiesto chi cazzo si fosse messo a guardare la mia televisione. Le credevo.

E ciò significava che qualcuno era stato nel suo cazzo di appartamento. Non osavo chiederle se avesse lasciato la porta aperta perchè se era scrupolosa per quanto riguardava gli asciugamani, non si sarebbe dimenticata una cosa del genere.

«Perchè non ce l'hai detto?» chiese Mac. La sua voce era serena, ma il tono fu cupo. Già, era incazzato, molto probabilmente con quel bastardo che si era intrufolato in casa sua, ma anche con Sam.

Lei mi scese di dosso, prese la maglietta di Mac da terra e se la infilò. Le arrivava quasi alle ginocchia e le stava come un sacco di patate addosso. Tuttavia, le sue tette erano evidenziate dal cotone e non potevamo non notare il profilo dei suoi capezzoli duri. Era eccitante da morire.

«Sono stata distratta,» rispose.

Mac scosse la testa. «No, hai sfruttato il sesso come distrazione.»

Lei fece spallucce. «È la stessa cosa.»

Io le puntai un dito contro. «Per te, Signorina Perfettina, non è lo stesso e lo sai. Avevi intenzione di dircelo?»

Quando lei si morse il labbro inferiore, ebbi la mia risposta. La conoscevamo solamente da un giorno. Non era molto quando si trattava di relazioni. Diamine, con qualunque altra donna le avrei dato un bacio in testa dopo la scopata, l'avrei accompagnata alla sua auto fuori dall'officina e mi sarei dimenticato di lei. Se avesse voluto rivedermi, l'avrei chiamata appiccicosa.

Con Sam, mi sentivo come se fossi io quello appiccicoso. Volevo tutto con lei – diamine, non mi sarei preso la sua verginità se così non fosse stato – ma lei non sembrava essere della stessa opinione. Ed era quello a farmi incazzare, il fatto che noi provassimo molti più sentimenti di lei. «Volevi i nostri cazzi, ma non la nostra protezione?»

Lei tirò su la testa di scatto come se l'avessi schiaffeggiata con le mie parole severe, ma non discusse. Non mi contraddisse. Già, era ciò che aveva pensato. «Perchè dovreste volervi farvi carico dei miei problemi?» ci chiese.

Porca puttana. Era seria, cazzo.

«Perchè?» le chiesi, cercando di mantenere la voce calma. Indicai il suo petto. «Indossi la maglietta di Mac. Scommetto che hai la figa indolenzita per via dei nostri cazzi. Perchè diamine non dovremmo?»

«Qualcuno ieri ti ha tagliato la gomma,» ricapitolò Mac. «Oggi qualcuno si è introdotto nel tuo appartamento. E tu non hai pensato che lo volessimo sapere?»

«Non vi conosco,» obiettò finalmente lei.

«Sei praticamente nuda nella nostra officina. Ci conosci piuttosto bene, cazzo.»

Lei arrossì e distolse lo sguardo. «È stato solo sesso,» disse.

«Come diavolo potresti saperlo? Non hai mai preso un cazzo prima dei nostri. Pensi che sia sempre così?» Mi alzai, andai da lei e le feci sollevare il mento così che fosse costretta a guardarmi. «Pensi che questo legame tra di noi non sia nulla, solamente una sveltina su un divano? Pensi che ci prenderemmo la tua verginità se non significassi qualcosa? Se non significassi tutto?»

Lei mi guardò con quei suoi occhi azzurri, scrutandomi, riflettendo. Riuscivo a vedere la sua mente lavorare. «Non sono l'unica a mantenere dei segreti.»

Io mi accigliai, accarezzandole la guancia morbida con un pollice.

«Di che diamine stai parlando?» le chiesi.

Lei guardò Mac.

«Sei stato arrestato per aver comprato droga?»

SAM

Ero nel bel mezzo di un tumulto emotivo. Un attimo prima stavo venendo sul cazzo di Mac, quello dopo lo stavo interrogando riguardo al suo arresto. Ce l'avevano con me perchè non avevo raccontato loro dell'effrazione ed io avevo rigirato la frittata riversando tutto su Mac.

Hardin lasciò cadere le dita dal mio mento e si risedette. «Cristo, ancora questa storia?» sussurrò tra sè.

Mac non fece una piega, non sbattè nemmeno le palpebre di fronte alla mia domanda. «Sì.»

L'aveva ammesso apertamente. Non aveva cambiato

discorso, non aveva inventato scuse nè cercato di tergiversare.

«Dove ne hai sentito parlare?» mi chiese.

«All'ospedale.» Non avevo intenzione di scendere nei dettagli perchè era irrilevante. Solamente ciò che aveva fatto contava.

Lui si accigliò, si sporse in avanti e si appoggiò gli avambracci sulle cosce. Era così bello senza la maglia, con i tuatuaggi che non facevano che mettere in risalto la sua immagine da cattivo ragazzo. Per una volta io fui più alta di lui. «Figuriamoci,» borbottò.

Io incrociai le braccia al petto, in attesa.

«Cos'altro ti ha raccontato la tua fonte?» mi chiese.

«Nulla.»

Lui scosse leggermente la testa. «Di nuovo, figuriamoci. Sai solamente una parte della storia. Mi permetterai di raccontarti tutto?»

Io deglutii, lanciai un'occhiata ad Hardin e lui mi offrì un piccolo sorriso. Si sarebbe trovato lì se Mac fosse stato un drogato? Sarebbero stati amici se lui non fosse solamente *sembrato* un cattivo ragazzo, ma lo fosse *stato*?

Mi piacevano i dati, mi piaceva analizzare. Elaborare. Non evitavo i fatti, i fatti *reali*. Volevo sapere la verità. Avevo bisogno di conoscerla.

«Quando avevo sedici anni, a mia mamma è venuto un cancro alle ovaie. Non avevamo un'assicurazione sanitaria nonostante lei facesse due lavori. Quando scoprì di cosa si trattasse, era troppo tardi per la chemio. Quarto stadio. È peggiorata in fretta e non poteva lavorare.»

Oddio. Avevo conosciuto donne in lotta con un cancro di quello stadio, sapevo che le loro possibilità erano scarse.

«Io lavoravo part-time in officina dopo la scuola. Il proprietario era come un padre per me, ma questa è un'altra storia. Mi ha permesso di fare tutto lo straordinario che ero in grado di sopportare per pagare l'affitto, il cibo. Le spese mediche si accumulavano e i soldi che guadagnavo mi sfuggivano via dalle dita come sabbia.»

Sollevò una mano come se avesse avuto dei granelli immaginari che cadevano a terra. Mac era intenso, ma sembrava esserlo perchè provava emozioni intense. Profonde. Il modo in cui mi guardava, il modo in cui mi *voleva* non era semplice. Non era superficiale. Era complesso. Quell'uomo che sembrava il cattivo ragazzo di Cutthroat non era cattivo affatto. I tatuaggi, l'atteggiamento cupo e rabbioso erano dovuti a un dolore che non sarebbe svanito. Non al suo modo di essere.

Lasciai ricadere le mani lungo i fianchi.

«Verso la fine provava dolore. Più dolore di quanto le pillole che le erano state prescritte riuscissero a smorzare. Stava morendo, per cui le ho detto di prendere ciò che le serviva, non ciò che diceva l'etichetta.»

Odiavo quando la gente sfruttava le ricette nel modo sbagliato, ma potevo comprenderlo in quel caso. Stava morendo. Un soprusо di antidolorifici era l'ultima delle sue preoccupazioni.

«Non potevo restarmene lì seduto a sentirla soffrire,» proseguì lui. «I piagnucolii e i gemiti di notte riuscivo a sentirli perfino attraverso il muro che separava le nostre camere. Dio, era un'agonia per lei. Per me il sapere che soffriva. Così sono andato a cercare degli antidolorifici. Li ho trovati, ma sono stato beccato in una stangata. Sono stato arrestato. Sono stato mandato in riformatorio per tre mesi.»

Io spalancai la bocca scioccata. «Oddio,» sussurrai. «Tua mamma?»

«È morta.» Si morse un labbro, distolse lo sguardo, poi lo riportò su di me. Afflosciò le spalle mentre lo abbassava sul pavimento ai suoi piedi. «Io ero in prigione. Mi ricordo il momento in cui qualcuno me l'ha detto. lo sguardo sul volto di quella donna. Non aveva dovuto dire una sola parola. Non solo mia mamma non aveva mai ottenuto quegli antidolorifici, ma era morta da sola.»

Il silenzio pesò tra di noi. Hardin non aveva parlato prima e non lo stava facendo in quel momento. Non era il tipo da parlare solo per riempire un vuoto. Stavano aspettando me.

«Mi dispiace, Mac. Ciò che ti è successo è terribile. Hai commesso un crimine – l'abuso di ossicodone sta distruggendo il nostro paese – ma le circostanze avrebbero dovuto essere prese in considerazione. Ti hanno giudicato male.»

Lui trasse un brusco respiro, poi si alzò. «Dimmi, dolcezza. Ci hai scopati per divertirti un po'? Per farti una cavalcata sul cazzo di un cattivo ragazzo?»

Le sue parole furono severe ed io mi sentii sporca. Usata. Ma me l'ero cercata. Deglutii, incapace di tirar fuori alcuna parola per rispondergli prima che lui proseguisse.

«Sapevi di questa storia prima di venire qui. Volevi fartela con un detenuto? Perdere quella tua verginità così da rimediare a tutti gli anni in cui non hai mai scopato?»

Ero abituata alla gente che mi urlava contro, che sfogava la propria rabbia riguardo alla morte ingiusta di un proprio caro, alla crudele sfortuna di qualche malattia. Ma per quanto potessi essere stata portatrice di cattive notizie, quella gente non se l'era mai presa con me personalmente. Io ero stata l'ambasciatrice.

Avevo imparato ad avere la pelle dura. Era necessario, non solo professionalmente, ma anche a livello personale. Avevo indurito il mio cuore contro dei genitori disattenti. La mancanza di amici. La gente a cui non stavo davvero a cuore, ma che era più interessata a me in termini di curiosità. Per conoscere la bambina genio.

Quello, però? Le parole taglienti di Mac erano rivolte proprio a me. A *me*. E avevano colto nel segno.

«Dimmi, dolcezza,» proseguì lui. «Pensavi che fossi stato io a introdurmi nel tuo appartamento? Che fossi in cerca di droghe? Che ti volessi così da poter ottenere delle ricette da te?»

«Cosa?» balbettai io. «Io... oh-» Non riuscivo a tirar fuori delle vere parole perchè ciò che aveva suggerito era così sconvolgente.

Lui si chinò, recuperò il mio reggiseno e me lo lanciò. Io lo presi d'istinto. Il pizzo prima mi aveva fatta sentire sexy, ma adesso era ignobile.

«Ecco. Va'. Ti sei divertita. Non te ne avevo parlato perchè è successo molto tempo fa ed era irrilevante. Non è che non mi fidassi a raccontarti la verità – come te che non ci hai detto che qualcuno era entrato nel tuo appartamento – ma non avevamo ancora avuto abbastanza tempo per parlarne. Come ha detto Hardin, non ti avremmo toccata se non avessimo voluto che fossi la nostra ragazza.»

«Io non volevo-»

Lui mi interruppe. «O ti fidi di noi, o ci lasci in pace.»

Le sue parole mi ferirono. Io avevo ferito lui, avevo ferito entrambi non fidandomi. Dovevo sistemare le cose perchè non potevo vivere con quel dolore. Nonostante fossero entrambi in quella piccola stanza assieme a me, all'improvviso mi sentivo sola. Più sola di quanto non fossi mai stata in vita mia.

Loro mi volevano. Volevano stare con me, ma io avevo rovinato tutto.

«Sì, io... lo sapevo prima di venire qui.» Lanciai un'occhiata al calendario con foto di auto appeso alla parete, poi mi costrinsi a incrociare gli occhi furiosi di Mac. «Non pensavo che la mia fonte stesse mentendo quando mi ha parlato del tuo arresto. Gli ho creduto. Ma sapevo che doveva esserci una ragione dietro quella verità, che ci fosse altro da sapere. Adesso è chiaro che me l'abbia detto apposta per dividerci, il che è proprio quello che sta succedendo. Per quanto riguarda il mio appartamento, non ho *mai* pensato che fossi stato tu a entrarci.» Mi si riempirono gli occhi di lacrime ed io le cacciai via sbattendo le palpebre. Non ero una che piangeva. Non avevo nulla da piangere. Ero abituata a smorzare i miei sentimenti. Sin da molto piccola avevo capito che sperare nell'affetto degli altri non avrebbe fatto che ferirmi. Per cui avevo smesso. A lavoro non potevo essere emotiva. Nessuno voleva un dottore debole.

Quello, però? Era così diverso. Hardin e Mac avevano superato le mie difese. Le avevano abbattute e adesso il mio cuore era sotto attacco.

«Sono venuta qui perchè è stato il primo posto a cui ho pensato. *L'unico* posto. Avrei dovuto andare dalla polizia, ma non li ho presi in considerazione. Ho pensato a te e Hardin. Il fatto che l'officina fosse un luogo sicuro. Che ci sareste stati voi.» Tirai su col naso, desiderando che le lacrime se ne andassero.

«Non ci hai detto dell'effrazione,» disse Hardin. «Avevi intenzione di farlo?»

«Sono venuta qui d'istinto nonostante sia abituata a gestire sempre tutto da sola. Non pensavo fosse un problema vostro. Chi vuole una donna bisognosa di attenzioni?» Feci spallucce. «E poi, ho pensato che mi avreste creduta pazza.»

«Qualcuno ti ha tagliato la cazzo di gomma,» disse Mac. «Non sei pazza.»

«Diavolo, no,» concordò Hardin. «Non l'hai capito prima, ma il fatto che tu sia venuta qui? Vuol dire che, nel profondo, ti fidi di noi.»

Ero d'accordo. «Non sarei venuta se non mi fossi fidata di voi. Non vi avrei nemmeno concesso il mio corpo.» Mi leccai le labbra. «Non volevo ferire i vostri sentimenti. Per me... è una cosa nuova. Non solo il sesso, ma anche le relazioni interpersonali. Sono stata ferita in passato. Diffido degli uomini per via delle false intenzioni-»

«Non abbiamo *alcuna* falsa intenzione quando si tratta di te,» disse con veemenza Mac. «Non l'hai sentito quando ti ho scopata su quel divano?»

Io annuii, tirandomi su gli occhiali. «Sì. Volevo solamente dimenticare per un po' tutto ciò che mi sta succedendo e sapevo che voi potevate aiutarmi. Mi sentivo... mi *sento* al sicuro quando sono con voi. Avrei dovuto dirvelo. Non avrei dovuto rigirare la discussione da me al tuo passato. Mi dispiace, ho rovinato tutto.»

Mi si formò un doloroso nodo in gola. Stavo per mettermi a piangere e di brutto. Solo che non volevo farlo lì, non di fronte a loro.

Mi accucciai, afferrai il resto dei miei vestiti senza guardare nessuno dei due. Non potevo. Avevo rovinato tutto. C'erano due uomini interessati a me. Due! Avevano fatto sesso con me perchè mi avevano desiderata. Non mi ero mai aspettata che la mia prima volta sarebbe stata così. Per quanto non fosse stata in un letto, non ne avevo desiderato uno. Loro erano stati perfetti. Pazienti. Delicati, o se non altro il più possibile considerata la loro stazza.

Ed io ero stata ingrata e meschina. Me ne sarei andata a casa, avrei chiamato un fabbro e mi sarei fatta sostituire tutte le serrature. Poi mi sarei infilata a letto, mi sarei tirata le coperte sopra la testa e avrei cercato di dimenticarmi di loro, il che sarebbe stato impossibile con una figa indolenzita che mi ricordava tutto ciò che avevamo fatto insieme. Ero stata sola per tutta la mia vita, eppure nel giro di due giorni Hardin e Mac mi avevano fatto sentire, mi avevano fatto vedere ciò che mi ero persa. Ed io l'avevo rovinato. Prima o poi avrei superato la cosa. Chiunque mi avesse presa di mira, be', non poteva farmi più male di quanto soffrissi in quel momento.

Mi alzai e, con voce piccola, dissi, «Ora me ne vado e basta.»

10

Hardin

Mac si era addentrato in mare aperto. Non lo biasimavo, ma tutto ciò che aveva chiesto Sam era stato se fosse stato arrestato per aver comprato droga. Glielo aveva *chiesto*, non l'aveva accusato, ed era stata disposta ad ascoltarlo.

Era nuova a Cutthroat, non conosceva i dettagli della vita di tutti. Le piccole città erano come un microscopio, tutto veniva amplificato. Lui non andava a raccontare alla gente del fottuto casino che era successo con la droga e della malattia di sua madre, ma non aveva mai nemmeno evitato la cosa. Adesso lei conosceva il segreto non poi così segreto di Mac.

Il modo in cui lui aveva reagito dimostrava quanto gli interessasse Sam. Non l'avevo mai visto così con nessun altro. Uno stronzo al bar poteva liquidarlo con una scrollata di spalle. Le persone più anziane che si ricordavano che cosa fosse successo gli rivolgevano ancora sguardi compassionevoli. A lui non importava minimamente. Ma con Sam? Gli stava veramente a cuore ciò che lei pensava. Voleva piacerle, voleva che lei sapesse chi fosse davvero. Che sapesse cosa lo motivasse. E tutto questo non aveva proprio nulla a che fare con ciò che avevamo appena fatto sul divano.

Sam adesso vedeva il vero Mac. Non c'era dubbio.

Grazie al cielo non era una stronza patentata con l'intenzione di snobbarlo per via di ciò che aveva fatto. Alcune donne lo erano state e noi ci eravamo dimenticati come si chiamassero un istante dopo che se n'erano andate. Era stata una liberazione, cazzo.

Sam capiva perchè era fottutamente intelligente. Non c'erano dubbi sul fatto che avesse avuto un'infanzia difficile. I suoi genitori erano ancora vivi, ma non facevano parte della sua vita. Era un tipo solitario. Diamine, lo ero anch'io. Un completo introverso che preferiva leggersi un libro piuttosto che trascorrere una serata fuori. Ma non mi ero mai sentito solo. I miei genitori erano brava gente e mio fratello era uno dei miei migliori amici.

Sapevo cosa fosse una vera amicizia. Cosa fosse una *vera* famiglia. Sapevo che ciò che avevamo fatto su quel divano era stato molto più di una scopata. Sam no, ma l'avrebbe capito. Ora pensava che la odiassimo. Pensava di aver rovinato tutto.

C'erano dei momenti come quello in cui il suo cervello la ostacolava. Lei pensava che non avremmo voluto sapere dell'effrazione, che non avremmo voluto assumerci i problemi di una donna qualsiasi. Pensava troppo, cazzo. Di nuovo, non aveva esperienza di gente che le desse una mano, che ci fosse per lei, per cui non si aspettava che lo facessimo nemmeno noi.

Perfino da bambina era stata sola. I suoi genitori non

avevano fatto il proprio lavoro: era stata una governante svedese a farlo al posto loro. Non era andata a scuola, per cui non aveva giocato con gli altri bambini. Poi Harvard a quattordici anni. Niente shopping al centro commerciale. Niente serate a casa delle amiche come tutte le adolescenti. Niente appuntamenti. Niente festa di fine anno. E poi la scuola di medicina. Di nuovo, da sola.

Aveva *mai* avuto qualcuno su cui contare? Non c'era da meravigliarsi che mettesse in dubbio tutto: era una specie di autoconservazione.

Tuttavia, adesso era nostra e doveva smetterla di pensare così tanto, cazzo, e limitarsi a sentire, come aveva fatto su quel divano... ed era stato fantastico.

Era venuta in officina perchè si sentiva al sicuro lì, sentiva di potersi fidare di noi, se non altro inconsciamente. Quando si fermava a pensare, ecco dove si fregava da sola e come eravamo giunti a quel punto. Avremmo dovuto insegnarle a seguire le proprie sensazioni, a seguire l'istinto. E ciò significava condividere *tutto* con noi.

Il bello e il brutto.

Vederla raccogliere i vestiti da terra per andarsene fu la cosa più fottutamente triste alla quale avessi mai assistito.

Aveva la mano sulla maniglia quando Mac la raggiunse e le passò un braccio attorno alla vita, attirandola a sè. Stringendola forte.

«Non hai rovinato tutto, dolcezza,» le disse, sfregandole il naso contro il collo. «Cazzo, mi spiace averti fatto pressione.»

Lei scosse la testa contro il suo petto e la tenne bassa. «È colpa mia. Dopo quello che è successo, è ovvio che avresti pensato il peggio di me.»

«Noi ci siamo per te. Nel profondo, lo sai anche tu.»

Se fosse stata anche solo un po' più tesa, si sarebbe spezzata, ma a quelle parole si rilassò, quasi afflosciandosi.

«Se c'è qualcosa che ti spaventa, ce lo vieni a dire, altrimenti quell'impronta sul tuo culo sarà accompagnata da altre.»

Lei trasalì di fronte alla sua minaccia, che non era a vuoto. Tanti cari saluti al rilassarla.

«Non sei più da sola.»

Voltandosi tra le sue braccia, lei gli avvolse le proprie attorno alla schiena e si strinse a lui, appoggiando la fronte al suo petto.

E pianse.

Mac mi lanciò un'occhiata da sopra la sua spalla. Riuscivo a leggere la sua espressione, seppi esattamente che cosa significasse, senza bisogno di dire una parola.

Lei era nostra. Non c'erano dubbi. Non si tornava indietro. Non l'avremmo lasciata andare.

«Chiamo Nix,» dissi, allungando una mano verso il telefono sulla scrivania. Era arrivato il momento di coinvolgere la polizia, per quanto se non fossero riusciti a trovare quello stronzo, l'avremmo fatto io e Mac.

Non c'erano dubbi. Quel bastardo era finito.

―

SAM USCÌ dal bagno con indosso dei pantaloni da yoga, dei calzettoni e una vecchia felpa di Harvard. Si era presa del tempo nella doccia, ma io non avevo voluto metterle fretta. Era una tipa pensierosa e aveva avuto bisogno di un po' di tempo da sola. Avevamo discusso di diverse cose e aveva appena fatto sesso per la prima volta. Con due uomini.

Aveva un bel peso sulle spalle.

Aveva pianto su tutto il petto nudo di Mac. Lui l'aveva

abbracciata, le aveva accarezzato la schiena e le aveva sussurrato parole dolci fino a quando lei non si era sfogata del tutto. Io avevo concesso loro un po' di spazio, limitandomi a guardarla crollare e a lasciarle imparare che ci saremmo stati in qualunque momento ciò fosse successo. A sostenerla.

Doveva essere esausta. Il lavoro. La vita. Affrontare il tutto da sola. Il suo lavoro era stressante, letteralmente tra la vita e la morte. Qualcuno le aveva tagliato una gomma e si era introdotto nel suo appartamento. Lei ci aveva fatto vedere come le sue cose fossero state spostate. In quanto estraneo non l'avrei mai notato, ma quelle stranezze non erano da lei. Non riucivo ad immaginarmela che sistemava un cuscino coi fiori a testa in giù.

Oltre a tutto questo, adesso aveva noi.

Io ero seduto sul bordo del suo letto ad attenderla. Il copriletto giallo chiaro e i cuscini in tinta sembravano così femminili in confronto alla mia enorme stazza. Il letto stesso era piccolo. Avrei dovuto dormirci storto per riuscire a starci, il che significava che non avremmo dormito lì. Sarebbe rimasta con noi a casa di uno di noi due.

«Ti senti meglio?» le chiesi.

Lei annuì, raggiungendomi. Io allargai un po' di più le ginocchia e le misi una mano sulla schiena, attirandola in avanti così che si piazzasse proprio di fronte a me. Dal momento che ero seduto, ci trovavamo faccia a faccia.

«Proprio qui,» mormorai, inalando il suo profumo. «È qui che ti voglio.» Le feci scorrere le mani sotto la felpa, i miei palmi che si posavano sulla sua vita, i pollici che le sfioravano il ventre. Era così calda, così morbida. Il profumo del suo sapone e del suo shampoo erano fottutamente fantastici. Avrei giurato che sapesse di fragola.

«Ho sbirciato nel cassetto del tuo comodino.»

Lei trasalì, guardò il piccolo tavolino bianco con la lampada sopra e una biografia di Robert E. Lee. Sembrava piuttosto innocente, quel tavolino, ma il contenuto all'interno... era come una mini collezione di giocattoli per adulti.

«Voglio giocarci un giorno,» dissi, riferendomi ai dildi, ai vibratori e alle altre cose divertenti. Mi era venuto duro all'istante nello sbirciare le cose che aveva usato su sé stessa. «Per adesso, mi piacciono molto le mie mani su di te.»

Per dimostrarglielo, la accarezzai e sentii la sua pelle d'oca.

«Non ci sono abituata, a farmi toccare. A farmi abbracciare,» ammise lei.

«Abituatici.» Per quanto le mie parole furono brusche, il mio tono fu morbido. Ero grosso. Davvero grosso, e per questo avevo imparato a mantenere la voce bassa. Non era nella mia natura urlare, ma Sam era l'ultima persona che avrei mai voluto spaventare. Una grossa stazza più una voce tuonante equivalevano ad una brutta esperienza, specialmente dopo le montagne russe emotive su cui si era fatta un giro.

«Hardin,» disse lei, nonostante fossimo le uniche persone nella stanza.

«Mmh?»

«Pensi... pensi che questa cosa sia folle?»

«Che cosa?»

Lei si torturò il labbro inferiore e mi guardò attraverso gli occhiali.

«Noi. Cioè, io non vi conosco davvero, e dopo ciò che abbiamo fatto nel vostro ufficio e adesso che tu sei qui in camera mia e siete tu *e* Mac a cui io sono interessata e-»

Io le posai un dito sulla bocca per zittirla. Aveva le labbra piene. Morbide.

«Vuoi stare con me e Mac?» le chiesi, scrutandola attentamente.

Lei annuì.

«Ottima risposta dopo ciò che abbiamo fatto in officina.»

Ciò la fece sorridere.

«È tutto ciò che importa,» le promisi, così fottutamente sollevato. Avevamo già chiarito le cose in ufficio, ma non avevamo detto molto dopo che aveva pianto, ci eravamo limitati a riportarla nel suo appartamento in attesa di Nix e della sua partner della polizia di Cutthroat. Erano arrivati mentre lei era stata nella doccia e Mac era nel suo salotto a parlare con loro.

Io avevo Sam di fronte a me e non avevo la minima fretta di andarmene. Loro potevano attendere. Quello, noi insieme, era troppo importante.

«Uno sguardo, Sam. È stato tutto ciò che è servito,» le dissi direttamente.

Lei spalancò gli occhi di fronte a quell'ammissione e arrossì adorabilmente. Io giurai a me stesso che non mi sarei mai trattenuto con lei, non riguardo a ciò che provavo.

«Ti sorprende, eh?»

«Sì,» ammise lei con un morbido sospiro.

«Uno sguado al cazzo di Mac al pronto soccorso e per te è finita.»

Lei arrossì, poi annuì.

«Hai portato me e Mac in un territorio inesplorato. Stare con una donna è una cosa. Stare con una donna che vogliamo tenere con noi è un'altra.»

«Oh.» Sembrò per metà sollevata e metà pietrificata.

Io sorrisi. «Già, oh.»

«Dunque volete *tenermi*?» praticamente squittì. «Davvero?»

«Non lasciare che Mac ti senta di nuovo mettere in dubbio le cose. Ti farà piuttosto male il culo.»

Lei arrossì e quel colorito, quel bel rosa, sarebbe stato il colore del suo favoloso sedere dopo una divertente sculacciata.

«Non spaventarti.» Le scostai una ciocca di capelli bagnati sulla spalla. Non mi ero reso conto di quanto ce li avesse lunghi: tutte le volte che eravamo stati insieme, li aveva tenuti raccolti. «Noi siamo tuoi tanto quanto tu sei nostra.»

«Guarda te, poi guarda me,» mormorò lei. «Non sono truccata. I miei capelli sono un disastro. Non sono poi così vanitosa, ma tutte le volte che mi avete vista, indossavo la mia uniforme,» disse, poi abbassò lo sguardo su se stessa. «O una tuta.»

Odiavo il fatto che si denigrasse da sola.

«O della lingerie sexy. O nuda,» aggiunsi io. «Se dopo quello che è successo prima dubiti quanto ti desideriamo, allora non stavamo facendo le cose nel modo giusto.» La attirai più vicino così che potesse sentire quanto ce l'avevo duro per lei.

«Penso che steste decisamente facendo le cose nel modo giusto,» replicò.

«Sam, respira. Non dobbiamo capire tutto subito.»

Lei si leccò le labbra, poi sollevò lo sguardo su di me. «Non sono abituata alle emozioni. Sono travolgenti. Confondono. Sfidano ogni logica. *Noi* sfidiamo ogni logica. Cioè, è successo tutto così in fretta. Immagino che la cena al bar possa essere considerata un appuntamento per definizione, ma mi sono ubriacata e...»

Mi ricordavo decisame il *e*. Come avesse giocato con la sua figa. La vista di lei che veniva. Non me lo sarei dimenticato. Mai.

«E poi ti abbiamo scopata per bene.»

Il rossore tornò.

«L'unica cosa che so di te è che sei un meccanico.»

«Che cosa vuoi sapere?»

Lei fece spallucce, le sue dita che si posavano sui bottoni della mia camicia di flanella – uno dei pochi bottoni rimasti dopo che li aveva strappati prima per aprirmela. Cercai di mantenere la calma, ma quel gesto innocente era fottutamente stuzzicante, specialmente dal momento che sapevo quanto potesse diventare selvaggia.

«Hai una famiglia? Qual è il tuo colore preferito? Sei allergico a qualche cibo? Come ti piace prendere il caffè? Sei una persona mattutina? Sai-»

Io risi, poi la interruppi. «I miei genitori vivono a Cutthroat, per quanto stiano trascorrendo la maggior parte dell'inverno in Arizona, quest'anno. Ho un fratello maggiore, come ho già detto. Vive qui e siamo piuttosto legati.» Le feci scorrere le mani sulla schiena fino a quando la punta delle mie dita non andò a sfiorarle la parte inferiore del reggiseno. Adoravo la sensazione del suo corpo, non ne avevo mai abbastanza.

«Immagino che mi piaccia il blu, sono allergico ai mirtilli, per quanto non morirei nè nulla del genere, il caffè dovrebbe essere liscio e sono decisamente una persona mattutina.»

«Sei come me,» commentò lei.

«Oh? Vuoi dire che anche tu mi vuoi baciare?»

Per un attimo la mandai in confusione dal momento che stavamo parlando di cosa mi piacesse e cosa no, non di limonare. Non potevamo scopare. Avrei voluto buttarla sul letto, salirle addosso e baciarla con foga. Per poi scoparmela fino a farle perdere i sensi. Ma non con la polizia nell'altra stanza. Avremmo dovuto aspettare. Ciò non significava che non potessi concedermi un minuto con lei tutta per me, però, e baciarla.

Mi piacevano le donne piccole, in gran contrasto con la mia fottuta stazza. Mi piaceva viziarle, maneggiarle delicatamente, come se fossero preziose. Sam era in grado di reggersi sulle sue gambe. Era oscenamente intelligente, molto probabilmente un genio, e aveva una solida carriera di fronte a sè. Era in grado di reggere una pressione che io non riuscivo nemmeno ad immaginare. Vita o morte. Non avevo intenzione di portarglielo via, ma l'avrei aiutata a trovare il bastardo che l'aveva presa di mira.

Ero semplicemente fatto così. Volevo proteggerla. Per quanto fossi tranquillo, scopavo con un po' di forza. Forse era la mia stazza, o perfino la mia voglia di lei. Per quanto riguardava Mac, nonostante lui fosse quello selvaggio tra noi due, seguiva l'approccio più tranquillo. Lento, metodico, come se avesse voluto gustarsi ogni singolo secondo del trovarsi dentro di lei.

«Sì, anch'io voglio baciarti,» sussurrò lei.

Cazzo, sì.

Prendendole il viso, la tenni ferma mentre sfioravo le sue labbra con le mie, approfondendo il bacio quando lei piegò la testa. Ci baciammo come due adolescenti, con foga e passione. Lingue intrecciate. Mani che vagavano. Lei mi si dimenò praticamente in grembo mentre prendeva vita per me. Le mie mani le si insinuarono sotto la felpa, le sfiorarono il ventre liscio e salirono a prenderle i seni. Non percepii il pizzo delicato di prima, ma del morbido cotone.

«Perchè voglio di più così presto?» sussurrò lei mentre la baciavo lungo la mandibola e trovavo quel punto dietro il suo orecchio che la faceva sussultare. «L'istinto biologico di procreare è forte, ma non mi era mai capitato fino ad ora.»

«È più che fottutamente biologico, piccola. È perchè è *giusto*,» mormorai io, leccando quel punto delicato.

Fui io a gemere, perso in quella cosa. In lei.

«Ehi, Nix e l'altra detective sono venuti a parlare con Sam,» disse Mac, irrompendo nella stanza.

Aveva spaventato Sam, che tirò su la testa per guardarlo. Si era irrigidita per la sorpresa, ma non si ritrasse dalla mia presa.

«Cazzo, è eccitante,» aggiunse lui, chiudendosi la porta alle spalle. «Merda, adesso ce l'ho duro. Come faccio a tornare là fuori?»

11

Hardin

Sam ridacchiò ed io adoravo quel suono.

Avevo una donna disponibile e arrendevole di fronte a me, con le mie mani a stringerle le tette sotto la sua felpa. Mi sentivo come un adolescente che se la faceva con una tipa e che veniva beccato da un genitore. In quel caso, però, non ero in imbarazzo e non mi importava che Mac ci avesse scoperti.

«Chi?» chiese Sam. Si spinse gli occhiali sul naso ed io fui sorpreso dal fatto che non fossero appannati. Il fatto che non avesse cercato di respingere le mie mani dalle sue tette dimostrava quanto fosse eccitata.

«Due detective. Uno è nostro amico. Li ho chiamati per redigere un verbale sull'effrazione e sulla ruota.»

La sentii tendersi sotto le mie mani e le lasciai ricadere. Anch'io avevo il cazzo duro, ma non le sarei entrato dentro fino a quando non avesse parlato con la polizia.

Mac le porse la mano. Lei la prese e uscì andando nell'altra stanza. Li seguii, ma solo dopo essermi concesso un istante per sgonfiare la mia erezione, così da sistemarmi l'uccello in modo da poter camminare decentemente.

Quando li raggiunsi, avevano già fatto le presentazioni. Nix aveva qualche anno meno di me e Mac. Aveva cominciato come agente e chiaramente si era fatto strada come detective. Lui e Donovan Nash, il precedente assistente del procuratore distrettuale, uscivano con Kit Lancaster.

«Lei è Miranski, la mia partner,» disse Nix.

Le strinsi la mano. «Piacere, Hardin.»

Era sulla trentina, alta, coi capelli scuri raccolti in una coda semplice. Indssava dei jeans con degli stivali di pelle e una giacca di lana nera con il logo del dipartimento di polizia sul petto. «Ciao,» mi salutò.

«Allora, Sam, raccontaci cosa sta succedendo,» disse Nix.

Sam indicò a tutti di sedersi. Nix e Miranski – nessuno aveva accennato al suo nome di battesimo – si sedettero su un divano, mentre io, Sam e Mac prendemmo posto sull'altro di fronte a loro. In mezzo a noi c'era un elegante tavolino da caffè. L'appartamento di Sam era decorato in modo semplice, senza alcuna foto o alcun altro tocco personale. Dovetti chiedermi se le fosse stato affittato arredato. Non aveva importanza, non avrebbe vissuto lì ancora per molto. Non una sola altra notte se fosse andata come volevamo io e Mac.

Il che sarebbe successo. Dopo ciò che avevamo fatto prima, sarebbe stata a letto, in mezzo a noi.

«Qualcuno mi ha tagliato una gomma all'ospedale ieri. Oggi, quando sono tornata a casa, ho trovato delle cose spostate.»

Per quanto fosse stata precisa e concisa, ai detective

piacevano i dettagli. Quando venne spronata, elaborò la cosa. Miranski si alzò e, dopo aver ottenuto il permesso di Sam, fece un giro dell'appartamento.

«Hai dei nemici?» le chiese Nix. «Un ex fidanzato che non pensava che doveste porre fine alla vostra storia?»

Sam scosse la testa. Una fitta di gelosia mi fece stringere i pugni. Non volevo che un altro uomo anche solo la guardasse, figuriamoci che si avvicinasse a lei. Io ero stato il primo, però, e ciò mi fece sospirare tra me, frenando i miei istinti omicidi. Avevo aperto io quella figa, avevo visto l'espressione sul suo volto quando le ero entrato dentro. Era stato un dono che avrei apprezzato per sempre. Il fatto che l'avessi condiviso, che avessi condiviso *lei*, con Mac, non faceva che renderlo ancora migliore, cazzo.

«Nessun ex fidanzato. Sono una dottoressa. Immagino che potrebbe trattarsi di un vecchio paziente, ma di solito quelli denunciano, non si mettono a stalkerare.»

Miranski tornò e riprese posto. Nix le rivolse un'occhiata e lei assunse il controllo della situazione.

«Stiamo investigando l'omicidio di Erin Mills,» disse.

Sam annuì. «Ne ho letto sul giornale. Io... ho operato Dennis Seaborn, per cui i pettegolezzi circa il suo coinvolgimento si sono diffusi in fretta all'ospedale.»

Porca puttana. Mi chiesi se avesse parlato con Cy.

«Wow, okay,» disse Miranski. Le parole di Sam l'avevano sorpresa. «Siamo un po' preoccupati, qui, perchè tu assomigli molto ad Erin. Bionda, minuta, della stessa età.»

Io mi alzai di scatto, passandomi una mano sulla barba. «Porca puttana. Credete che sia l'assassino a stalkerarla? Perchè ha eseguito l'intervento sul padre di Cy?»

Nix e Cy Seaborn avevano la stessa età. Avevo bevuto un paio di birre assieme a loro nel corso degli anni. Cy gestiva il ranch Flying Z e suo padre aveva ammesso di aver ucciso

Erin Mills. Si era scoperto che aveva mentito ed era morto di recente per complicanze dovute ad un cancro al pancreas. Non avevo idea del motivo per cui si fosse costituito per un crimine che non aveva commesso, e non ero sicuro che nemmeno Cy lo sapesse. Anche se Nix e Miranski ne fossero stati al corrente, non ce lo fecero sapere.

Io conoscevo Lucas Mills, ma non sua sorella, Erin. Aveva avuto più l'età di Sam che la mia. Le sue foto erano state su tutti i giornali e sapevo che Miranski aveva ragione, c'era una forte somiglianza tra Erin e Sam.

Mac si voltò verso Sam. «Hai detto che stavi avendo dei problemi con un collega.»

Lei si accigliò e fece spallucce. «Sì, ma sono problemi delle risorse umane.»

«Tipo?» chiese Nix.

Sam sospirò. «È sfrontato. Cerca di stare da solo con me. Dice di voler parlare delle mie prestazioni a cena. Io ho educatamente rifiutato, ma lui insiste. Ieri ha minacciato il mio lavoro. Mi ha messo una mano addosso. Mi si è premuto contro quando ero al mio armadietto negli spogliatoi dedicati ai medici. Era, be', eccitato.»

Ma. Che. Cazzo?

«Era quello che ti aveva turbata quando ci siamo incontrati al parcheggio?»

Lei annuì.

«Sul serio? Si tratta di molestie sessuali,» le dissi io. Perchè gli uomini dovevano essere dei tali stronzi? «L'hai denunciato alle risorse umane?»

«Sì, diverse volte, ma sostengono che non abbia fatto nulla di male.»

«Premerti il suo cazzo duro contro?» ripetei io. «Va male eccome, cazzo.»

Lei mi fissò ad occhi spalancati, poi guardò i detective.

«Non potrebbe essere stato lui a fare questo, però,» disse.

«Perchè?» le chiese Miranski.

«Perchè, come vi ho detto ieri, è stato con me in chirurgia per la maggior parte della giornata. Avrebbe potuto sgattaiolare fuori per tagliarmi la gomma, ma l'avrebbero visto. La gente lì lo conosce.»

«E oggi? L'effrazione?» chiese Miranski, agitando le mani per aria, indicando l'appartamento di Sam.

«Era tutto al suo posto quando me ne sono andata questa mattina. Lui era già in ospedale... lo so perchè mi ha avvicinata non appena sono arrivata.»

«È stato lui a raccontarti del mio passato?» chiese Mac, sporgendosi in avanti e appoggiando gli avambracci sulle cosce.

Lei arrossì e rivolse una rapida occhiata ai detective. «Ci ha visti... um, salutarci con un bacio quando mi hai accompagnata. Penso l'abbia fatto perchè la cosa lo aveva fatto arrabbiare.»

Loro non sbatterono nemmeno le palpebre alle sue parole. Ero dannatamente certo che avessero sentito parlare di cose ben più spinte di un bacio.

«Che stronzo,» borbottò Mac.

«Sono stata con lui per la maggior parte della giornata, a operare senza sosta,» proseguì lei. «Me ne sono andata prima di lui perchè un paziente in unità intensiva è dovuto tornare sotto i ferri per un intervento di emergenza e lui ne era a capo. Non avrebbe mai potuto arrivare fino a qui, introdursi nell'appartamento e incasinare le mie cose per poi tornare a lavoro.»

«L'hai visto al di fuori dell'ospedale?» domandò Nix.

Lei scosse la testa. «No. Non mi sono mai imbattuta in lui mentre facevo la spesa nè nulla del genere e decisamente non l'ho mai invitato qui. Per quanto ne so io, non sa dove abito.»

Miranski stava prendendo appunti su un piccolo blocchetto mentre Sam parlava.

«Non ho fatto nulla per fargli credere di essere interessata. Voglio dire, guardatemi. Ci sono altre donne all'ospedale che sono più attraenti, *più della sua età*, che adorerebbero uscire con un dottore. Io... penso di essere più che altro una conquista per lui,» ammise, abbassando lo sguardo sulle mani che si teneva in grembo.

Ma non mi dire.

«Ho sentito dire da altre donne dello staff che si fa i suoi giri, e non intendo tra i pazienti. Io lo rifiuto sempre e non penso che gli piacca sentirsi dire di no.»

«Sei mai uscita con nessun altro dell'ospedale?» domandò Miranski. «Magari pensa di avere una possibilità perchè hai avuto degli appuntamenti con qualcun altro.»

Sam guardò la detective. «No. Nessuno me l'ha chiesto e, be', non c'è nessuno là che mi interessi. Non sono mai nemmeno uscita a divertirmi con le altre donne con cui lavoro. Io... non sono una persona molto socievole.»

«Stai uscendo con Mac, dunque?» chiese Nix.

Sam arrossì e si leccò le labbra.

«E con me,» dissi io. Per lei era tutta una novità e vi si era gettata subito a capofitto. Aveva iniziato la sua vita di coppia con una relazione a tre. Diavolo, saremmo serviti entrambi per mantenere soddisfatta Sam. Una volta scoperto cosa volesse dire avere due cazzi per sè, sarebbe stata insaziabile, specialmente dal momento che aveva molto da recuperare.

Nix non ci avrebbe giudicati. Diamine, lui e Donovan si erano rivendicati Kit insieme. Sapeva che cosa voleva dire. Non conoscevo i dettagli della vita amorosa di Miranski, ma se era partner di Nix, senza dubbio lei conosceva la sua.

Il cellulare di Sam squillò e lei si alzò e andò a prenderlo dal bancone della cucina. «Scusatemi, sono in reperibilità e devo rispondere.»

Lo fece, parlò con qualcuno per meno di trenta secondi, poi riagganciò. «Devo andare,» disse, afferrando i propri stivali accanto alla porta e portandoli al divano per metterseli. «Un incidente sull'autostrada che ha coinvolto più vetture, probabilmente una milza perforata. Se così fosse, devo operare.»

Mac si alzò. «Ti accompagno alla macchina.»

«Mi spiace dovermene andare di corsa, ma devo essere in ospedale entro dieci minuti dalla telefonata.»

Già, salvare una vita sarebbe stata una cosa che ci avrebbe presto infastiditi.

Ci alzammo tutti quanti. Io andai da lei e le diedi un rapido bacio. Non era il momento migliore per un'emergenza, considerato che la sua vita stessa fosse un disastro. Non era da sola, però. «Va'. Chiudiamo noi a chiave.»

Lei annuì una volta, poi se ne andò con Mac.

«Sam è off-limits,» dissi a Nix e a Miranski mentre facevo il giro della casa e spegnevo le luci. «Quel bastardo dovrà abituarsi all'idea di non avere chance. Dovrà passare sopra Mac e me.» No significava no, e io odiavo gli stronzi che non ascoltavano. Quello sembrava proprio un gran bel coglione. Se non avesse lasciato in pace Sam, allora avrebbe ascoltato me e Mac – o i nostri pugni.

«Come si chiama il tipo?» chiese Miranski.

Io uscii dalla camera da letto di Sam e mi fermai. «Merda, non lo so.»

Uscimmo dall'appartamento ed io controllai che la porta fosse chiusa a chiave. Incontrammo Mac fuori sul marciapiedi dove il vento forte mi colpì il collo.

«Ti ha detto come si chiamasse quello stronzo al lavoro?» gli chiesi.

«No.»

Io tirai fuori il cellulare dalla tasca e la chiamai. «Ehi, piccola, come si chiama il tipo a lavoro che ti dà problemi?»

«Ciao... oh, um... dottor Mark Knowles,» disse.

Io scostai il cellulare dall'orecchio e lo fissai per un istante.

«Hardin?» Riuscivo a sentire la sua voce attraverso l'altoparlante e ripresi la conversazione. Più o meno.

«Sì,» sbottai, abbassando lo sguardo sul marciapiede.

Porca. Puttana. Era come se mi avessero dato un calcio nello stomaco con uno stivale dalla punta di ferro.

«Che succede?» chiese lei. «Lo conosci?»

Io guardai Mac, che era in attesa della risposta.

«Sì, lo conosco eccome, cazzo.»

Nix e Miranski mi stavano guardando.

«È mio fratello.»

12

Mac

«Pensi che sia vero?» domandò Hardin mentre scendevamo dal suo pickup nel parcheggio della tavola calda.

Dopo aver lasciato Sam al suo appartamento, eravamo tornati in officina per lavorare, ma non avevamo detto molto. Il mio migliore amico era un tipo introverso e sapevo quando era meglio non parlare. Non avevo idea di cosa dire in ogni caso, assorto nei miei stessi pensieri. Avevo accompagnato Sam alla sua auto, l'avevo salutata con un bacio, ma lei non solo era di corsa perchè doveva arrivare in ospedale, bensì era anche stata presa da tutte le questioni sollevate dai detective. Non aveva saputo che Hardin e il tipo che la infastidiva a lavoro fossero imparentati, e adesso che lo sapeva... non poteva essere lì con noi per affrontare la cosa. Era dovuta andare ad occuparsi di una milza perforata.

Era una gran situazione di merda e non ero sicuro di

come uscirne. Non riuscivo a credere che fosse Mark a provarci con lei, cazzo. Era un gran puttaniere, ma era fissato col consenso. O così avevo pensato. Credevo a Sam, ma conoscevo Mark da tutta una vita. Se n'era andato per il college quando io e Hardin eravamo alle elementari, per cui loro due si erano ritrovati e avevano cominciato a frequentarsi davvero solo dopo che Hardin aveva concluso il college ed era tornato a Cutthroat. Ad ogni modo, si era trattato di più di un decennio in cui poter conoscere una persona. O se non altro, avevamo *pensato* di conoscerlo.

O avevamo pensato di conoscere Sam.

Cristo.

«Non ne ho idea, cazzo,» risposi, passandomi una mano sulla nuca mentre avanzavamo verso l'ingresso della tavola calda.

Hardin sapeva che Mark sarebbe stato al ristorante alle tre, in teoria per cercare di rimorchiare la cameriera che li aveva serviti a colazione quella mattina. Hardin non era un tipo che parlava per messaggi e per risolvere quel casino voleva farsi una chiacchierata con suo fratello faccia a faccia.

Era un bel calcio nello stomaco perchè era una situazione dalla quale non potevamo uscire vincitori. Mark era uno stronzo, oppure la donna di cui ci stavamo innamorando era una bugiarda. In ogni caso, eravamo fregati.

E Hardin? Non l'avevo mai visto così, cazzo. L'uomo che aveva infastidito la nostra donna era Mark. *Suo fratello, cazzo.* Cercai di accostare il tipo tranquillo con cui ci facevamo una birra con lo stronzo dalla mano morta che aveva descritto Sam.

Era difficile crederlo. Mark era un donnaiolo, su quello non c'erano dubbi, ma era anche uno stronzo maschilista disposto a oltrepassare il limite? Perchè Sam avrebbe dovuto mentire? Non aveva idea di come funzionassero gli uomini – quello era palese – e sentirsi parlare in maniera inappropriata, cazzo, vedersi *toccare* in maniera inappropriata l'avrebbe spaventata. Tuttavia, le risorse umane non avevano tenuto in conto le sue accuse, per cui o le ritenevano esagerate oppure le risorse umane dell'ospedale facevano schifo. Era stata sola per tutta la sua vita e se le risorse umane avevano ignorato i suoi reclami legittimi, allora doveva essersi sentita ancora più isolata.

Era venuta a sapere del tempo che avevo trascorso in riformatorio dal tipo che l'aveva infastidita, ovvero Mark. Già, lui ne era stato a conoscenza. Lei aveva detto che ci aveva visti baciarci quando l'avevo portata a lavoro quella mattina e aveva buttato lì il mio passato solo per allontanarci. Ciò significava che Mark aveva sabotato me e Sam. Perchè la voleva per sè?

Per rendere le cose ancora peggiori e fottutamente spaventose, Nix ci aveva fatto notare quanto Sam assomigliasse ad Erin Mills. Mark aveva una fissa per le bionde? Aveva avuto una storia con Erin che gli era sfuggita di mano?

L'idea di Mark che molestava sessualmente delle donne era già abbastanza brutta, ma il fatto che Nix avesse perfino collegato la cosa ad un omicidio... porca puttana.

E ciò non copriva nemmeno la ruota tagliata o l'irruzione nel suo appartamento. Era stato Mark anche in quel caso e, se così fosse, come aveva fatto?

Mi girava la testa, cazzo. A chi credere, alla donna che desideravamo o alla famiglia? Sam ci aveva fornito la sua versione, quindi adesso toccava a quella di Mark.

Nix e Miranski volevano parlare con Mark, ma Hardin voleva arrivare a lui per primo. Aprimmo la porta d'ingresso della tavola calda, poi guardammo a destra e a sinistra lungo la fila di tavoli.

Ed eccolo lì, nell'angolo in fondo. Proprio come si era aspettato Hardin, c'era una donna seduta di fronte a lui, ma ci dava la schiena. Una *bionda*.

Seguii Hardin e Mark sorrise quando ci scorse.

Si alzò, abbracciò Hardin e gli diede una pacca sulla spalla. «Due volte in un giorno? Unisciti a noi. Ti ricordi di Sarah, giusto?»

Mark si rimise a sedere sul divanetto, ma invece di prendere posto di fronte a Sarah, si mise accanto a lei, costringendola a spostarsi più in là.

Hardin prese il vecchio posto di Mark ed io afferrai una sedia da un tavolo vuoto lì vicino e la girai al contrario.

«Ho appena scoperto che conosci una nostra amica,» disse Hardin.

«Oh?» Lui appoggiò un braccio sullo schienale del divanetto, le sue dita che sfioravano il collo di Sarah. «Chi?»

«Samantha Smyth.»

Il suo sorriso vacillò leggermente, ma dovetti concedergli il fatto che fosse fottutamente composto.

«Una dottoressa eccezionale.»

«Davvero?» chiese Hardin, sporgendosi in avanti così da appoggiare le braccia sul tavolo. Spinse via la tazza di caffè di Mark. «Ha detto che avevi da ridire sulle sue prestazioni e che ne volevi discutere.» Fece una pausa, poi aggiunse, «A cena.»

Sarah sembrò improvvisamente a disagio. «Sono certo che si sia sbagliata,» rispose Mark.

Con ciò, ebbi la mia risposta. Porca puttana, Mark era un gran bugiardo. Aveva fatto *tutto* ciò di cui aveva parlato Sam.

Hardin incalzò. «Dunque è stato solo uno stetoscopio

che avevi in tasca quello che ha sentito quando le hai premuto contro?»

Sarah si agitò, scostando la mano di Mark. «Io penso... penso di dovermene andare.»

Mark la guardò, sospirò, ma si alzò dal divanetto per farla uscire. Lei corse via senza dire una sola parola o lanciarsi una sola occhiata alle spalle. A quella donna, per quanto ne sapevo io, cazzo, era andata bene.

Mark tornò a sedersi e ci rivolse il suo classico ghigno. «Voi due sapete proprio come rovinare un appuntamento.»

«Ti piacciono le bionde,» commentò Hardin, sollevando il mento nella direzione in cui se n'era andata Sarah.

Lui fece spallucce. «Tutti gli uomini hanno delle preferenze.»

Già, la mia era un genio formoso con gli occhiali a cui piacevano la lingerie e i sex toy.

«Hai raccontato a Sam del mio passato perchè la vuoi tutta per te?» gli chiesi.

Hardin restò in silenzio, mantenendo lo sguardo fisso su Mark.

Arrivò una cameriera, non Sarah. «Volete i menu o del caffè?» ci chiese.

Io sollevai lo sguardo su di lei e sorrisi. «No, grazie. Non ci fermiamo molto.»

Lei annuì e se ne andò.

Mark era vestito come se fosse stato membro del Country Club di Cutthroat. Pantaloni eleganti, camicia, un cazzo di maglione. Di flanella. Hardin sembrava essere appena tornato dopo aver tagliato alberi nel bosco. Io indossavo dei jeans e una maglietta nera. Ero decisamente il cattivo ragazzo tra i tre. Ma io non infastidivo le donne.

«La dottoressa Smyth è una donna che si impressiona facilmente,» esordì Mark. «Lo sapete che ha finito la scuola di medicina a ventidue anni, no? Ha bisogno di qualcuno che la guidi, qualcuno che le insegni le basi della vita.»

«E quello saresti tu,» commentai io.

Lui fece spallucce. «Non ha detto di sì. Non ancora.»

Hardin si alzò, abbassando lo sguardo su Mark. Io mi alzai lentamente, seguendo il suo esempio. Chiaramente, aveva ottenuto tutte le informazioni di cui aveva avuto bisogno.

«Sam è offlimits,» affermò in tono piatto.

Mark spostò lo sguardo tra lui e me. «Mac non sa parlare per sè?»

«Non è solo di Mac. È anche mia.»

Lui esitò, fissandoci. Per essere un dottore, era lento a comprendere.

«Aspettate,» disse infine. «State scherzando. Ve la state scopando entrambi.» Rise. «Pensavo fosse una vergine frigida a cui serviva sciogliersi un po'. Evidentemente non ho notato la sua natura selvaggia, eh?»

Io ero pronto a tirargli un pugno in faccia. Non me ne fregava un cazzo che ci trovassimo alla tavola calda. Se io mi sentivo così, potevo solamente immaginare quanto fosse furioso Hardin. Lo afferrai per la camicia e lo trascinai via dal tavolo prima che dicesse o facesse qualcosa di cui si sarebbe potuto pentire.

13

AM

NON EBBI MOLTO tempo per pensare al fatto che il dottor Knowles – l'uomo che aveva reso la mia vita lavorativa un inferno – e Hardin fossero fratelli. Fratelli! Non si assomigliavano minimamente, non si comportavano affatto allo stesso modo. *Mark* Knowles era viscido e squallido. *Hardin* Knowles era silenzioso e generoso. Protettivo. Selvaggio a letto. O piuttosto su un divano. Uno lo odiavo, dell'altro mi stavo rapidamente innamorando. Dovevano avere quasi dieci anni di differenza d'età.

La mia mente passò inaspettatamente a pensare alla genetica, al fatto che i loro genitori non potessero avere gli occhi verdi e azzurri perchè in quel caso era impossibile avere un figlio dagli occhi marroni come Mark.

Stupido cervello. Concentrati!

Prima, Hardin aveva accennato ad un fratello, al fatto

che fossero piuttosto legati. Chiaramente, non aveva pensato che magari io e Mark potessimo conoscerci, o perfino lavorare insieme.

Me ne stavo in piedi di fronte al lavandino fuori dalla sala operatoria a pulirmi le unghie col detergente in preparazione all'intervento. Hardin mi credeva? Pensava che stessi inventando tutto riguardo a suo fratello? Le risorse umane non mi credevano, per cui probabilmente la mia reazione nei confronti del dottor Knowles era sbagliata. Hardin mi odiava, adesso? Avevo detto delle cose piuttosto poco carine nei confronti della sua famiglia.

O forse Hardin sapeva di suo fratello e non gli importava? Tollerava quel genere di comportamento? Non lo ritenevo probabile, ma cosa ne sapevo io? Ero andata a letto con *due* uomini un giorno dopo averli conosciuti. Non li conoscevo davvero da abbastanza tempo da scoprire se fossero degli stronzi. Tuttavia, avrei dovuto seguire le sensazioni che provavo nello stomaco, non pensare così tanto, diamine, e il mio stomaco mi stava dicendo che erano dei bravi ragazzi. Però, c'erano più di trecento diversi tipi di batteri nello stomaco, per cui...

Maledetto cervello. Basta! Scossi la testa, sfregando un po' più forte.

Attraverso il vetro che separava la sala di preparazione da quella operatoria, l'anestetista mi rivolse un cenno del capo facendomi sapere che il paziente era sedato e pronto.

Mentre aprivo la porta con la schiena entrando in sala operatoria, scacciai via ogni pensiero riguardo a uomini e batteri dalla mia testa. L'ultima cosa di cui mi resi conto riguardo a tutto quel casino prima di concentrarmi sul paziente fu che avevo fatto sesso con un uomo e non sapevo il suo cognome. Non ero sicura se fossi un'idiota o una gran zoccola.

Tre ore più tardi il paziente si stava riprendendo e stava bene. Io ero infagottata in tutti i miei strati di vestiti e diretta alla mia auto. Esausta, ero pronta per andarmene a letto. Non è che fossi entusiasta all'idea di tornare nel mio appartamento, non dopo che qualcuno vi si era introdotto, ma non avevo più sentito nè Mac nè Hardin. Loro non sapevano quanto tempo ci volesse a rimuovere una milza, o se non altro non pensavo, e la cosa non mi sorprendeva.

Avrei voluto chiamarli e chiedere loro se potessi restare con uno dei due, ma cosa avrebbe detto Hardin? Cosa pensava della bomba che gli avevo sganciato? Di nuovo, mi odiava? Mi credeva?

Per fortuna, non avevo visto il dottor Knowles ed ero stata in grado di evitare quel confronto. A differenza di Hardin, però, io non ci andavo a letto col dottor Knowles. *Grazie a Dio.* Quali erano le regole di una storia d'amore? Merda, io e Hardin non avevamo una storia d'amore.

Il sesso non era amore. Era divertimento. Non una sveltina di una notte. Una storiella? Avevo letto la pesante collezione di libri storici, *Le Saghe degli Islandesi*, eppure non riuscivo ad afferrare i concetti riguardanti il rapporto uomo/donna. O uomo/donna/uomo. Hardin aveva detto di voler tirare fuori i sex toy dal mio comodino e usarli con me, ma quello era successo prima di scoprire che i problemi che avevo erano con suo fratello. Aveva cambiato idea? Era stato messo in mezzo al mio casino con le risorse umane senza nemmeno saperlo. E Mac... lui era il migliore amico di Hardin. Stava dalla sua parte?

Gemetti a voce alta, frustrata. Tutte le donne cercavano di capire gli uomini, o ero solo io? Come potevo essere tanto intelligente e tanto stupida quando si trattava dell'altro sesso? Perchè mi confondevano così tanto? Perchè non sapevo che cosa fare?

Mentre aprivo la portiera della mia auto, il rumore di stivali che schiacciavano la neve mi fece voltare. Per un attimo pensai che potesse trattarsi di Hardin e Mac, ma non ebbi alcuna possibilità di scorgere chi fosse. Tutto ciò che vidi fu un braccio che si muoveva verso la mia testa prima che tutto diventasse nero.

———

HARDIN

«Sam Smyth è con te?» mi chiese Nix.

Ci trovavamo in officina, ma non avevamo concluso nulla da quando avevamo lasciato Mark alla tavola calda. Non sarei mai riuscito a cambiare l'olio di una vecchia Chevy quando avevo appena scoperto quanto fosse uno stronzo ipocrita mio fratello, cazzo.

«No. Sta operando,» dissi, appoggiando il manico del mocio contro la parete. Il pavimento in cemento aveva bisogno da mesi di una bella ripulita ed era stato bello fare qualcosa che non richiedesse alcun pensiero. L'odore di detergente all'arancia copriva quello solito di olio e grasso che permeava quel posto.

«Penso che abbiamo un problema,» disse lui.

Io mi immobilizzai.

«Che cazzo vuoi dire?» abbaiai nel telefono.

Mac uscì dall'ufficio ad occhi sgranati.

«Ci ha chiamati la sicurezza dell'ospedale. Sembra che l'auto di Sam sia nel parcheggio con una portiera aperta. Le chiavi a terra.»

«Porca. Di quella. Puttana.»

Mac mi si avvicinò a grandi passi. «Che c'è?»

«Sam è sparita.»

Mac mi strappò il telefono di mano e mise il vivavoce.

«Sono Mac. Che sta succedendo?»

«Qualcuno ha preso Sam. L'auto è nel parcheggio dell'ospedale. La portiera è aperta e non c'è traccia di Sam,» ripeté lui. «La sicurezza ha visionato le registrazioni delle telecamere esterne. L'hanno vista uscire alle tre e tredici e dirigersi verso l'auto. Non c'era nessuno con lei. Nessuno l'ha seguita. La sua auto si trovava al limitare della visuale della videocamera e qualcuno entra nell'inquadratura per qualche secondo, andandosene con lei.»

«Volontariamente?» sbottai.

«È difficile dirlo. L'immagine è sfuocata per via della lontananza. Non c'è modo di identificare quella persona, o anche solo se sia uomo o donna visti gli abiti invernali pesanti. I colori scuri. Vi ha chiamati? Vi ha detto di aver avuto intenzione di andarsene con qualcuno?»

«No,» rispondemmo io e Mac nello stesso istante.

«Tu hai detto che assomiglia ad Erin Mills. Pensi...» Mi passai una mano sulle labbra, non volendo finire la frase.

C'era ancora un assassino a piede libero a Cutthroat e Sam assomigliava alla vittima.

«Devo chiedertelo,» esordì Nix. In sottofondo riuscivo a sentire dei telefoni che squillavano, della gente che parlava, e immaginai che si trovasse alla stazione di polizia. «Tuo fratello. Immagino che tu gli abbia parlato.»

«L'abbiamo fatto entrambi.»

«E?» Attese.

Voleva sapere se ritenessi che potesse essere stato lui a rapire Sam. Se avesse potuto prenderla perchè in qualche modo era un folle stalker che le aveva tagliato la gomma, aveva incasinato il suo appartamento per poi rapirla. Se avesse potuto essere il tipo da uccidere giovani bionde, proprio come lei.

«Le tre e tredici, hai detto. Eravamo con lui alla Tavola Calda di Dolly a quell'ora,» gli dissi. «Ci sono un sacco di testimoni.»

«Ne sei sicuro?»

«Del fatto che l'abbiamo visto alla tavola calda? Era con Sarah, una cameriera, quando siamo arrivati.»

«Una bionda,» aggiunse Mac, lanciandomi un'occhiata.

Io annuii, riconoscendo un certo schema.

«Una cameriera diversa è venuta a prendere il nostro ordine. L'hanno visto lì.»

«Quindi non è stato lui,» disse Nix.

«È stato lui,» gli dissi io. Poteva anche essere un fottuto detective e i fatti non corrispondevano, specialmente dal momento che io e Mac eravamo il suo fottuto alibi. «Non so come, ma è stato lui.»

«Non puoi esserne sicuro,» ribatté Nix.

«No, ma ho appena scoperto che mio fratello è un grandissimo stronzo. Essere un puttaniere è una cosa, ma lo schifo che ha fatto subire a Sam? L'ha negato. Ha mentito.»

Mac sembrava cupo. «Sì, ha mentito.»

Non ne avevamo parlato, ma ero felice di sapere che anche lui aveva riconosciuto le balle di mio fratello per ciò che erano quando ci eravamo trovati alla tavola calda.

«D'accordo, allora mettiamo che ce l'abbia lui, ma come ha fatto dal momento che era con voi due?»

Io mi guardai le unghie, le macchie nere dovute al lavoro in officina che non se ne andavano a prescindere da quanto ci provassi. «A differenza di me, Nix, a mio fratello non piace sporcarsi le mani.»

«Il che significa che qualcuno l'ha aiutato,» rispose lui, concludendo il ragionamento.

«Allora dove cazzo è?» chiese Mac, passandosi una mano sulla nuca.

La nostra ragazza era là fuori nei guai. Non avrei mai pensato che mio fratello potesse fare una cosa del genere, il che significava che era più in pericolo di quando avrei mai potuto immaginare.

14

«Aiuto!» gridai, dimenandomi e cercando di liberarmi.

La corda che avevo attorno ai polsi era stretta e avvolta con cura attorno alla testiera in ottone. Un piede era legato allo stesso modo così che non potessi fare altro a parte lacerarmi la pelle a forza di sfregarla. Mi faceva male la testa dove ero stata colpita. Non appena mi ero svegliata, avevo stimato i danni. Ci vedevo bene e non avevo la nausea. Sul cuscino avevo sfregato il punto in cui ero stata colpita e avevo controllato – niente sangue. Ero sicura di avere un bel bernoccolo e un po' di ibuprofene mi avrebbe davvero aiutata col mal di testa. A parte ciò, ero illesa. La mia giacca, i miei guanti e il cappello erano spariti, ma ero completamente vestita.

Mi trovavo nella camera da letto di qualcuno, di un uomo, a giudicare dall'arredo color beige e blu scuro. Era decorata in maniera semplice, ma i dettagli erano eleganti. Il letto su cui mi trovavo era morbido, la trapunta soffice. Le pareti erano dipinte, con un rivestimento in legno. Una grossa finestra con un davanzale a panca offriva una vista sulle montagne. Sarebbe stato un ottimo posto in cui leggere, specialmente con un caminetto accanto, per quanto in quel momento non fosse acceso. Da dove mi trovavo io, non riuscivo a vedere se ci fossero altre case nei paraggi. C'erano tre porte che portavano fuori dalla stanza: una immaginai conducesse ad un bagno privato, un'altra ad una cabina armadio e l'ultima su un corridoio. Riuscivo a sentire solamente l'odore di lucidante al limone, come se qul posto fosse stato ripulito di recente. Non c'era odore di cibo nè di caffè. Ed era silenzioso. Troppo silenzioso.

Urlai di nuovo. Questa volta qualcuno entrò nella stanza.

«Oddio,» sussurrai.

«Questa cosa sarebbe potuta finire in maniera molto diversa,» disse il dottor Knowles. *Mark. Il fratello di Hardin.* Si slacciò i polsini della camicia e se ne arrotolò le maniche.

«È una follia. Devi lasciarmi andare. Prometto che non lo dirò a nessuno.» Strattonai le corde. Adesso sapevo perchè non cedessero, i chirurghi erano molto bravi a fare i nodi.

Lui mi rivolse un sorriso, ma non uno affettivo. «Oh, così come non l'hai detto alle risorse umane?»

Mi morsi un labbro.

«Non preoccuparti, i tuoi reclami alle risorse umane sono al sicuro con Marion. Sa mantenere il tuo segreto.»

Io ripensai alla donna delle risorse umane. A come i miei reclami per molestie sessuali fossero caduti nel vuoto. Mark si avvicinò ed io cercai di scostarmi, ma non potevo andare da nessuna parte.

«È bionda,» dissi, cercando di rimanere calma. Ero

abituata alle situazioni impanicate, ma quando dovevo gestirle, ero io ad avere il controllo. Adesso ero ben lungi dal possederlo.

«Lo è. E anche tu.»

Era chiaro adesso che fosse andato a letto con la signora delle risorse umane, che la tenesse in pugno in qualche modo. Aveva ignorato tutte le mie lamentele nei confronti di Mark perchè glielo aveva detto lui. Era innamorata di lui, o la costringeva a farlo?

Il suo sguardo mi scorse addosso da capo a piedi. Non era affatto come il modo in cui mi guardavano Mac e Hardin e mi sentii sporca. Ero completamente coperta, eppure mi sentivo nuda. Esposta.

«E anche Erin Mills,» dissi io, leccandomi le labbra secche. Avevo il cuore che mi batteva all'impazzata e cercai di trarre dei respiri profondi per calmarmi, ma ero troppo spaventata. Non aveva un'arma in mano, nessuna pistola o pugnale, ma mi ricordavo dai notiziari che Erin era stata uccisa da un forte trauma da impatto. Io ero stata colpita alla testa, ma era chiaro che Mark mi avesse voluta viva.

Per cosa? Uccidermi?

Armeggiò con la corda che mi teneva la caviglia legata alla pediera del letto.

«Non avresti dovuto respingermi, Samantha. Le donne non mi dicono mai di no.»

«Io l'ho fatto. Ti sto ancora dicendo di no.»

«E guarda che fine hai fatto.» Sollevò lo sguardo dalla corda e mi penetrò col suo sguardo scuro. Vi scorsi rabbia. Chiarezza. Una calma inquietante. Follia. «Ora ci divertiamo un po'. O almeno, io mi divertirò.»

«Mi troveranno,» mi affrettai a dire, cercando di girarmi dall'altra parte, ma non mi aveva ancora slacciato la caviglia. Diedi l'impressione di credere alle mie parole, ma non potevo essere certa nemmeno di *piacere* a Mac e Hardin. Hardin non sapeva che fosse Mark l'uomo di cui mi ero lamentata. Aveva ingannato sia lui che Mac. Aveva ingannato me facendomi credere di essere solamente un collega dalla mano morta. A chi credevano? Pensavano che fossi io una bugiarda che cercava di creare problemi a lavoro? Di far licenziare suo fratello? Dopo che avevamo fatto sesso, avevo rigettato il loro interesse.

Ero troppo difficile per loro? Morivo dalla voglia di scusarmi, ma non c'era nulla per cui farlo. Ero legata a un letto con Mark Knowles pronto a violentarmi e probabilmente uccidermi.

Non mi ero sbagliata. Dovevo solamente sperare che Mac e Hardin l'avrebbero capito. E mi avrebbero trovata. *Per favore.*

«Mi sbagliavo sul tuo conto, Sam. Scoparsi due uomini non è ciò che mi aspettavo da te. Pensavo fossi vergine. Avrei potuto giurarci.»

Mi scrutò mentre restava in silenzio. Non avevo intenzione di raccontargli nulla di ciò che avevo fatto con Hardin e Mac. Non avevo intenzione di dirgli che aveva ragione, che ero vergine, che se gli avessi detto di sì mesi prima come avrebbe voluto, mi avrebbe trovata innocente. Non pensavo che dire a Mark che Hardin si era preso ciò che aveva desiderato lo avrebbe reso felice.

Lui fece spallucce.

«Vergine, puttana, per me non fa differenza. Adesso avrò semplicemente un altro genere di divertimento.»

MAC

. . .

Nix non dovette irrompere in casa di Mark dal momento che Hardin aveva una chiave. Una volta sbloccata la porta, gli agenti di polizia si precipitarono dentro assieme a Nix e Miranski. Io ed Hardin li seguimmo, ma nel giro di pochi secondi avevano dichiarato la casa vuota. Non c'era nessuno.

Sam non c'era. Non c'era alcuna traccia di lei.

Hardin sbattè la porta del garage. «La sua auto non c'è.»

Tutti si ritrovarono in salotto. La casa si trovava fuori città, posta su due acri di terreno con vista sulle montagne da ogni lato. Era ridicolmente grande per un uomo single, ma a Mark piacevano le *cose*. Una casa grande, un'auto di lusso, una vita di lusso. A me non era fregato un cazzo che portasse i suoi abiti in tintoria o meno. Era un brav'uomo.

Lo era stato. Era stata una fottuta menzogna.

Cristo, Mark avrebbe potuto aver ucciso Erin Mills. Quello sì che era vivere una doppia vita. Mentre mangiavamo una pizza, bevevamo birre e guardavamo calcio, lui probabilmente aveva mantenuto il segreto di aver ucciso una donna.

Erin Mills, tuttavia, era morta. Nessuno poteva aiutarla. Sam era viva e noi dovevamo trovarla prima che il fratello malato di mente di Hardin facesse del male anche a lei.

«L'hai chiamato?» chiese Miranski ad Hardin.

Lui si guardò attorno con foga, come se Sam avesse potuto trovarsi nascosta dentro una credenza o dietro il divano.

«Due volte. Non risponde.»

«È possibile però, giusto? Non è che Mark possa rispondere alle telefonate se si trova in sala operatoria,» constatò lei.

«Avete chiamato l'ospedale?» chiesi io. «Sta operando in questo momento?»

«Hanno detto che se ne è andato alle due. Non è tornato nè è stato richiamato,» disse Nix.

Le tempistiche coincidevano con la sua visita alla tavola calda.

«Magari non c'è Mark dietro a tutto questo e stiamo sprecando il nostro tempo,» disse Miranski.

«È lui,» asserì Hardin. Non ne aveva alcun dubbio e lo stesso valeva per me. «Vuole Sam. Lei gli ha detto di no e a lui la cosa non piace. Ho fatto colazione con lui questa mattina. Mi ha raccontato di una donna con cui ha scoscusate, con cui ha fatto sesso ieri sera. Bionda.» Conferì quell'ultima informazione per rafforzare la nostra teoria riguardo l'ossessione di Mark per le bionde e il possibile legame con Erin Mills. «Poi c'è stata la cameriera questo pomeriggio. Era una preda sicura. Non aveva intenzione di dirgli di no.»

«Anche quella bionda,» aggiunsi io. «E sì, se non ci fossimo presentati noi, si sarebbero trovati insieme in questo momento.»

Gli altri agenti uscirono di casa per aspettarci fuori. Non c'era alcun crimine lì e non avevamo alcuna vera prova del fatto che Mark fosse coinvolto. Solamente sensazioni. Avevamo detto a Sam di seguire il suo istinto e sapevamo che i nostri avevano ragione in quel momento.

Cazzo, lo speravo.

«È troppo furbo per portarsela qui,» disse Hardin, sfregandosi la barba. «Abbiamo perso tempo.»

«Un agente è andato a casa di Sam. Vuota,» disse Miranski.

«Ci sono hotel, case in affitto,» aggiunse Nix.

«I tuoi genitori gli hanno parlato?» chiesi ad Hardin.

Lui scosse la testa. «Sono a-»

Il suo sguardo incrociò il mio. Lo sostenne. «So dove sono.»

Oh merda. Il luogo perfetto. «Già.»

«Andiamo.»

Corremmo verso la porta, con Nix e Miranski alle calcagna.

15

«Hai ucciso Erin Mills?» chiesi, cercando di allontanarmi da lui.

Con una mano sul mio fianco, lui mi risospinse sul materasso, poi mi guardò accigliato. «Di cosa stai parlando?»

Per la prima volta da quando lo conoscevo, sembrava confuso. Del tutto disorientato.

«Era bionda,» asserii.

Lui ci riflettè e mi resi conto che non stava pensando a togliermi i pantaloni. Aveva intenzione di stuprarmi, non ne avevo dubbi, ma io avevo intenzione di rallentarlo il più possibile.

«Lo era. Ovunque.»

Mi accigliai. Poi compresi.

«Me la sono scopata. Come hai detto tu, è il mio tipo ed era una tigre a letto, ma non avevo motivo di ucciderla. Mi serviva solamente da viva. Non mi piace la necrofilia.»

Mi accigliai. Diedi di matto. Era stato con Erin, chiaramente ci aveva fatto sesso e più di una volta.

«E Marion delle risorse umane,» aggiunsi.

«E Marion, e altre bionde. Più di quante tu possa contarne.»

«Allora perchè stai facendo questo? Voglio dire, loro sono consenzienti.»

A quel punto lui sorrise.

«Giusto?» chiesi, con voce gracchiante.

«Vuoi parlare di altre donne mentre ti scopo?»

«No, io-»

Le sue mani corsero di nuovo all'elastico dei pantaloni della mia divisa ed io rotolai via meglio che potei, attirando le ginocchia al petto.

«No,» dissi. Con le braccia sopra la testa, non avevo alcun vantaggio, ma non avevo intenzione di permetterglielo. Stavo avendo un'acuta risposta allo stress – era una situazione da attacco o fuga – e la fuga non sarebbe avvenuta.

Lui mi contrastò, mi afferrò i pantaloni e tirò. Si allentarono, ma io agitai furiosamente una gamba e gli tirai un calcio.

«Stronza,» sibilò lui, il suo sguardo che si faceva spaventoso. Tese i muscoli. I tendini del collo si evidenziarono.

«No!» urlai. Mi opposi.

Ero selvaggia, persa nel tentativo di respingere Mark, urlavo. Le mie braccia strattonavano la corda ed io scalciavo contro qualunque cosa, impennandomi per tenermelo lontano di dosso. Sentii qualcuno gridare, sentii le sue mani abbandonarmi, ma poi tornarono.

«Levati!» Mi dimenai e scalciai.

«Sam,» mi chiamò un uomo, non Mark. «Sam! Smettila. Sono Mac.»

Mac? Mi immobilizzai, aprii gli occhi, sbattei le palpebre, ma era tutto sfuocato.

«Mac?» dissi. Nella foga, gli occhiali mi si erano tolti e qualcuno gentilmente me li rimise. La massa scura che avevo visto di fronte a me si mise a fuoco assumendo le sembianze di Mac. «Oddio, Mac,» gridai. «C'è Mark. Vuole farmi del male.»

«No, non ti farà mai più del male,» giurò Mac.

Io sollevai la testa dal cuscino e vidi Hardin che incombeva su Mark, che si stava tirando su da terra. Aveva il naso che gli sanguinava abbondantemente, colandogli sulla camicia elegante. Hardin aveva i pugni chiusi e uno sguardo che mi faceva paura.

«Hai rapito Sam e avevi intenzione di stuprarla,» ringhiò, ripulendosi la bocca col dorso della mano.

«Ha aperto le gambe per te e Mac, ma non per me. Cristo, lui è un cazzo di detenuto,» disse Mark.

«Quindi le hai tagliato la gomma.»

Mark scosse lentamente la testa. «Cristo, mio fratello non riesce nemmeno a fare due più due. Giusto, sei solo un meccanico sfigato.»

Hardin spalancò gli occhi di fronte a quelle parole, come se non avesse mai sentito dire una cosa del genere a Mark.

«Le ho fatto tagliare la gomma così che sarebbe venuta da me. Io l'avrei rassicurata... a letto.»

«Ma non ha funzionato, eh?» sbottò Hardin.

Mark scosse la testa e usò una manica per ripulirsi il sangue dal viso. «L'ha spinta dalla persona sbagliata.»

«Me,» disse Mac.

Stavo cominciando a comprendere la profondità della

pazzia di Mark, sentivo le corde stringermi i polsi. Trovarmi legata a quel modo mi stava mandando nel panico. «Mac. Slegami le mani, ti prego,» singhiozzai, strattonando i polsi, incapace di sopportarlo un secondo di più.

Mac tornò di scatto a guardarmi, si tirò fuori un coltellino pieghevole dalla tasca e lo aprì. «Resta ferma.»

Con due movimenti abili, fui libera, la corda che cadeva via.

Balzai su e mi gettai addosso a Mac. Lui mi strinse tra le braccia, tenendomi vicina.

Dio, aveva un profumo buonissimo, come il sapone che aveva nella doccia, ed era duro e vero.

Guardai Hardin. Aveva osservato Mac che mi liberava, ma riportò la sua attenzione su suo fratello. «Quindi le hai incasinato l'appartamento.»

«Non sono stato io.»

«L'hai fatto fare a qualcuno,» chiarì Hardin. «E quando abbiamo rovinato il tuo appuntamento con Sarah, la cameriera...»

Mark fece spallucce, usando una mano per cercare di tirarsi su da terra. Con uno stivale, Hardin lo spinse di nuovo sul pavimento. Lui grugnì mentre cadeva.

«Voi avete fottuto il mio appuntamento; io vi fotto il vostro.» Mark sogghignò, i denti macchiati di sangue. «*Mi fotto* il vostro.»

Nix entrò nella stanza, si abbassò e afferrò Mark per un braccio, tirandolo in piedi per poi ammanettarlo. Avevo la sensazione che fosse rimasto appena fuori dalla stanza ad ascoltare. Spinse Mark in corridoio ed io lo sentii imprecare per tutto il tempo mentre Nix gli recitava con calma i suoi diritti.

Mac abbassò lo sguardo su di me, i suoi occhi che mi scrutavano in viso, tra i capelli, lungo il corpo. «Stai bene?»

«Sono stata colpita alla testa, ma non è preoccupante,» risposi, portandomi una mano nel punto in cui riuscivo a sentire un bernoccolo. «Non... non ha avuto l'occasione di ferirmi. Siete arrivati in tempo.»

Mac esalò sonoramente ed io sentii la tensione abbandonarlo.

Hardin chiuse gli occhi e afflosciò le spalle. «Porca puttana,» sussurrò tra sè.

Io mi divincolai dalla presa di Mac e mi spostai sul materasso per inginocchiarmi di fronte ad Hardin, che aprì gli occhi. «Mi dispiace così tanto,» dissi, mentre mi sfuggiva un singhiozzo.

«A te dispiace?» mi chiese lui, tirando su la testa di scatto come se lo avessi picchiato.

Io annuii, piangendo ormai disperatamente. «È tuo fratello.»

«Cazzo, Sam.» Lui si lasciò cadere in ginocchio a terra così che ci trovassimo faccia a faccia. Le sue mani mi presero delicatamente le guance, i suoi pollici che mi asciugavano le lacrime. Il suo sguardo era così sconvolto. Devastato. Addolorato. «Piccola, tu non hai nulla di cui scusarti. Mark... lui... Cristo, che cosa ha fatto.»

«Vedo quanto ti turba.»

Lui assottigliò lo sguardo, mi scrutò e scosse la testa. «No. Non hai capito. Sono turbato per te. E per ciò che ti ha fatto. Ciò che aveva intenzione di fare.»

«È tuo fratello,» ripetei io.

Lui scosse la testa. «Non hai ancora capito che sei tu la cosa più importante della mia vita? Che faremmo qualunque cosa per te?»

Io rimasi in silenzio, troppo sopraffatta.

«Sono innamorato di te, Sam,» disse Hardin, la voce roca per l'emozione.

«Siamo entrambi innamorati di te,» aggiunse Mac. Si sedette accanto a me sul letto e mi sfregò una mano sulla schiena come se non fosse stato in grado di impedirsi di toccarmi. «Cristo, ti abbiamo cercata ovunque.»

Io gli rivolsi un piccolo sorriso, l'adrenalina che cominciava a scemare. «Mi avete trovata. Sono... *così* felice che mi abbiate trovato. Io... voglio andarmene da qui. Vi prego, possiamo andarcene da questo posto? Non so dove mi abbia portata, ma non voglio più restarci.»

Mentre Hardin si alzava, mi prese in braccio. «È la casa dei miei genitori,» disse cupo. «Loro sono in Arizona per l'inverno.»

Casa dei suoi genitori. Oddio, quello schifo era accaduto dove lui era cresciuto? Quella era la camera da letto della sua infanzia o quella di Mark?

Mi portò fuori dalla stanza e fu così bello farsi stringere, sapere che mi stava portando da qualche parte al sicuro. Mac ci seguì giù per una rampa di scale e in un salotto. C'erano diversi agenti di polizia che si aggiravano per la casa ed io riconobbi i due detective di prima.

«Mark è diretto alla stazione,» disse Nix a tutti e tre. Poi guardò me. «I tuoi uomini hanno fatto un ottimo lavoro nel trovarti.»

Io sollevai lo sguardo su Hardin. «Mettimi giù, per favore. Riesco a stare in piedi.»

«L'hanno colpita alla testa,» disse loro Mac.

Hardin mi strinse ancora più forte. «Devi andare in ospedale.»

Io scossi la testa e mi pulsò. «Sono un dottore. Ho un ematoma sul retro del cranio. Niente commozione cerebrale. Ho i polsi indolenziti. Ho bisogno di un po' di unguento, di qualche antidolorifico da banco e di un po' di riposo a letto.»

«Del tempo a letto è scontato,» asserì Hardin.

Il mio corpo si scaldò alle sue parole, nella speranza che ciò che stava implicando fosse ciò cui stavo pensando io. Del tempo a letto con Hardin e Mac. Non volevo stare sola. Dio, qualcuno si era introdotto nel mio appartamento e Mark mi aveva assalita. Non ero sicura se sarei mai più stata in grado di restare da sola.

«Ne hai passate tante. Possiamo interrogarti domani quando ti sentirai meglio,» disse Miranski.

«Bene, sarà a casa mia,» disse Hardin.

Doveva avermi sentita rilassare a quelle parole perchè abbassò lo sguardo su di me. La rabbia era svanita, ma non era affatto calmo. La sua vita era stata messa sottosopra nel giro di poche ore. La famiglia che aveva conosciuto era stata distrutta.

«Ti prego, lascia che stia in piedi,» praticamente lo implorai.

Con riluttanza, lui mi mise giù, ma mi tenne un braccio attorno alla vita, o per paura che potessi cadere, o che potessi scomparire.

«Risponderò alle vostre domande, voglio farla finita con questa storia,» dissi e Miranski annuì.

«Dicci che cosa è successo,» mi spronò.

Io sollevai una mano e mi toccai la nuca, cercando di non fare una smorfia. Se Mac o Hardin avessero notato che provavo dolore, mi avrebbero portata al pronto soccorso loro stessi. «Non ho visto chi mi ha colpita, è arrivato troppo in fretta, ma non penso che sia stato Mark.»

Nix scosse la testa. «Nemmeno noi. Speriamo di riuscire a tirare fuori un nome a Mark stesso.»

«Io... non ho mai visto nessun altro. Solamente Mark. Mi sono svegliata legata al letto al piano di sopra.» Feci scorrere lo sguardo tra Mac e Hardin. Ci trovavamo in un enorme salotto. Una parete era occupata da un enorme caminetto in pietra di fiume alto due piani. Ai suoi lati c'erano due grandi finestre che davano sui campi e sulle montagne. Era una bella dimora, ben arredata con la sensazione di essere anche ben vissuta. Una *casa*, e apparteneva ai genitori di Hardin. Come avrebbero reagito alla notizia? Casa loro era stata usata come scena del crimine... da uno dei loro figli.

Mi leccai le labbra, appoggiandomi ad Hardin. Io potevo anche essere stata rapita, ma lui doveva essere su tutte le furie.

«Mi trovo a Cutthroat solamente da un paio di mesi, essendomi trasferita qui per il lavoro all'ospedale. Mark ha cominciato a chiedermi di uscire durante la mia prima settimana. L'ho rifiutato. Ogni volta. Non gli piaceva sentirsi dire di no e insisteva. Come pensavamo, gli piacciono le bionde.» Sollevai lo sguardo su Hardin, che aveva la mascella serrata.

«Va' avanti,» disse, le narici che gli si dilatavano ad ogni respiro.

«Ho continuato a denunciarlo alle risorse umane, ma non è stato fatto nulla. Ho scoperto che la donna delle risorse umane è una delle sue conquiste.»

«Al piano di sopra, ha detto di essersela presa perchè stavamo insieme,» disse Mac.

Nix annuì. «Quello l'ho sentito. Il rifiuto unito all'interesse di Sam diretto verso di te invece che lui, dopodichè a *entrambi* voi, deve averlo spinto oltre il limite.»

«Ha ammesso di essere andato a letto con Erin Mills, ma di non averla uccisa,» dissi loro. «Non saprei dire quando menta o meno, ma non penso che l'abbia fatto.»

«Pensi che magari chi ti ha colpita alla testa possa averlo fatto al posto suo?» chiese Miranski.

Io feci spallucce. «Forse, ma a Mark piace la dominazione sessuale. La sottomissione femminile. L'ho studiato durante le mie lezioni di psicologia e ho lavorato con pazienti come lui durante i miei turni in psichiatria. È un predatore sessuale, un sociopatico a cui piace essere adulato. Adorato. Erin non gli serviva a nulla morta. Forse è allora che è passato a me.»

16

Hardin

Guidai fino a casa mia, con Sam in mezzo a noi. Dopo un minuto in cui era rimasta seduta rigida e tesa come una statua, si era appoggiata a me e mi aveva appoggiato la testa sulla spalla. Quel gesto, per quanto completamente innocente, era stata tutta la rassicurazione di cui avevo avuto bisogno sul fatto che fosse lì assieme a me. Al sicuro. Intatta. Mia... nostra.

Mac mi lanciò un'occhiata, poi tornò a guardare la strada. Io posai il palmo della mano sulla sua coscia e ce lo tenni per il resto del viaggio. Cercai di non piegare o stringere le dita a prescindere da quanto volessi chiuderle a pugno, per colpire il volante mentre pensavo a ciò che era successo.

Non ero sicuro di come avrei superato la cosa. Mio fratello, quello rilassato, quello col quale avevo avuto in mente di andare in motoslitta a fine settimana, era un rapitore. Uno stalker. Possibilmente un assassino. Molto probabilmente uno stupratore.

Aveva portato Sam a casa dei nostri genitori... *casa dei nostri genitori...* per farle del male. Loro non sarebbero tornati prima di Febbraio, per cui era libera. Si trovava anche su un bell'appezzamento di terra dove nessuno avrebbe potuto sentire... no. Respinsi quel cazzo di pensiero.

La mia mano sinistra stringeva con forza il volante. Dovevo smettere di pensare a quellle cose, almeno per il momento. Per Sam.

L'indomani avrei chiamato i miei genitori, avrei raccontato loro cosa stava succedendo. Solo allora avrei pensato a Mark. A ciò che aveva fatto. A come fosse stato due persone del tutto diverse.

Quella sera Sam aveva bisogno di me. Di noi.

Una volta che il portone del garage si fu chiuso ed io ebbi spento il motore, la trovammo addormentata. Non mi sarei mai sognato di svegliarla. Aveva svolto il suo turno all'ospedale, poi ci era tornata per un intervento di emergenza, dopodichè l'avevano colpita alla testa, rapita e terrorizzata. Probabilmente avrebbe avuto degli incubi, ma ci saremmo stati noi a tranquillizzarla. L'avremmo abbracciata fino a quando non si fosse calmata, per poi lasciarla dormire ancora un po'.

La portai in casa e dritto nella mia camera da letto. Mac tirò giù le coperte e le lenzuola ed io ve la sdraiai. Le togliemmo le scarpe e la coprimmo. Sembrava perfetta nel mio letto. Sapere che era lì mi risvegliò il cazzo nei pantaloni. Non era quello il momento. Non potevo toccarla, non con la rabbia che provavo in corpo. La furia. L'odio. Non volevo che li vedesse, che li percepisse, perchè non erano diretti a lei.

Avevo bisogno di sfogarli prima che lei si svegliasse.

Prima che le mettessi le mani addosso e le dimostrassi che fosse la cosa più preziosa del mondo.

«Va'. Resterò io con lei,» mi sussurrò Mac, sedendosi ai piedi del letto e togliendosi le scarpe. Sapeva che non potevo mettermi a letto in quel momento, che stavo praticamente fremendo. Che per quanto volessi stare lì per Sam, non potevo. Non potevo toccarla, non con quelle mani. Non ancora.

Le lanciai un'ultima occhiata, per assicurarmi che fosse veramente lì, al sicuro, poi annuii. Mac non avrebbe permesso che le succedesse nulla. Attraversai la casa, uscii dalla porta sul retro e andai alla pila di legna che tenevo per la mia stufa in ghisa. Le temperature erano ben sotto lo zero, ma io non lo sentivo. Prendendo l'ascia, afferrai un pezzo di legna che doveva essere diviso in due e lo poggiai sul tronco che faceva da base. Sollevai l'ascia e la calai. Spezzai la legna. Avrei potuto farmela consegnare già tagliata, ma il processo metodico dello spaccarla mi tranquillizzava. Quella sera, sarebbe stato il modo in cui avrei potuto sfogarmi. Potevo immaginarmi mio fratello mentre brandivo l'ascia. Non avevo idea di quanto a lungo restai lì a lavorare, ma grondavo sudore una volta che la pila fu decimata e l'angoscia svanita. Rimaneva l'odio, ma dubitavo che quello se ne sarebbe mai andato.

———

MI SVEGLIAI con una mano che mi accarezzava l'uccello. Quella presa minuscola era impacciata, ma al mio cazzo non importava

Gemendo di fronte a quella sensazione incredibile, sbattei le palpebre e sollevai lo sguardo sul volto di Sam. Era mattina. Il sole filtrava dalla finestra. Lei si stava mordendo un labbro mentre mi osservava, la sua mano che continuava ad accarezzarmi. Dopo aver spaccato la legna, mi ero fatto una doccia per poi entrare nel letto accanto a lei più o meno intorno alle due. Lei era stata addormentata, con Mac dall'altro lato.

«Ciao,» sussurrò.

Io sollevai una mano e le ravviai una ciocca di capelli dietro l'orecchio. Impennai i fianchi quando il suo pollice mi scorse sulla punta del cazzo. «È il modo migliore di svegliarsi. Di sempre.»

Avevo la voce roca per via del sonno.

«Non so che cosa sto facendo,» ammise lei.

«Non sussurrate per me,» disse Mac dall'altra parte del letto. «Pensate che dormirei mentre fate questo?» Si alzò a sedere e si sistemò un cuscino dietro la schiena appoggiandosi alla testiera. Si era tolto la maglia, ma il lenzuolo gli era caduto fino in vita e riuscivo a vedere la parte superiore dei suoi jeans.

«Qualunque cosa tu faccia è incredibile. Fidati di me, non puoi sbagliare se hai le tue mani su di me,» le dissi.

Lei mi rivolse un timido sorriso. «Voglio farti stare bene,» replicò.

«Lo stai facendo.»

«D'accordo, più che bene.»

Io le afferrai il polso da sotto le coperte e la fermai, ma lei non mi lasciò andare. «Non sei obbligata a farlo.»

Lei aprì le dita ed io strinsi i denti. «Non vuoi... Scusa,» sussurrò, distogliendo lo sguardo.

«Piccola, ascolta. Ne hai passate... cazzo. Non voglio spaventarti. Ne hai passate già troppe.»

«Hardin, pensaci. Se non fosse stato per Mark, per ciò che ha fatto, non ci saremmo mai conosciuti.»

Dal momento che le stavo ancora tenendo il polso, si

spinse gli occhiali sul naso con la mano sinistra.

Mac rise. «È vero. Al pronto soccorso non saresti rimasta tanto incantata dal mio uccello da non riuscire a resistere dall'averne di più.»

Lei roteò gli occhi e sorrise. Mark le aveva fatto tagliare la gomma da qualcuno nella speranza che si sarebbe imbattuta in lui, come una damigella in difficoltà. Invece aveva portato lì noi con il carro attrezzi. Noi e i nostri cazzi. Aveva ragione. Odiavo Mark, cazzo, ma forse ricordarmi di questo mi avrebbe impedito di ucciderlo.

«Devo sapere che mi desiderate ancora,» sussurrò lei, la voce improvvisamente insicura.

Cristo, era colpa mia. Strattonai e la attirai giù sopra di me così che fu abbastanza vicina che riuscivo a scorgere le lentiggini che aveva sul naso. «Quella è una cosa di cui non devi *mai* dubitare. Io ti desidererò sempre.» Ondeggiai i fianchi così che potesse sentire quanto ce l'avevo duro.

Mac le accarezzò i capelli e la schiena. Indossava ancora la divisa da infermiera della sera prima. La volevo nuda, ma dovevo andarci cauto. Avevamo tutto il tempo del mondo. «Lo faremo entrambi,» aggiunse lui.

Lei lo guardò, osservando il suo petto nudo. Eravamo così diversi, lui con i suoi tatuaggi e lo sguardo intenso. Io ero un cazzo di gigante.

«Dimostratemelo.»

Io esitai, la studiai.

«Non vogliamo ferirti.»

«Avete detto che non mi avreste mai fatto del male. L'altro giorno nel parcheggio quando ci siamo conosciuti.»

«Esatto.»

«Dimostratemelo,» ripetè. «Vi prego.»

Con una sola mossa, ci feci rotolare sul letto così da averla sotto di me e incombere su di lei, il mio peso sostenuto dai miei avambracci. La guardai un'ultima volta, ma non vidi nulla se non trepidazione. Nessuna oscurità. Nessuna ombra in agguato.

La baciai, sfiorando le sue labbra con le mie. Delicatamente. Morbidamente. Ancora e ancora fino a quando lei non sollevò la testa per cercare di approfondirlo. La sua lingua mi leccò un labbro, ma io non procedetti comunque.

«Hardin,» piagnucolò lei, lasciando ricadere la testa sul cuscino. «Non ti trattenere.»

Io scossi la testa. «Sei... è-»

«Sto bene. Ho bisogno che tu sia sfrenato. Violento. Ne ho bisogno. Ho bisogno di *voi*. Di entrambi, in tutto.»

Il mio sguardo scorse sul suo viso. Sentivo le sue parole, sapevo che le intendeva davvero, ma non potevo.

«Vuoi i tuoi uomini, non è vero, dolcezza?» le chiese Mac.

Lei voltò la testa per sollevare lo sguardo su di lui. «Sì.»

«Non sei più vergine. Possiamo scoparti con forza. Prenderti come vogliamo, come avevamo pensato.»

«Sì,» ripeté lei. Questa volta la sua voce fu ansimante. Riuscii a sentire la sua pelle scaldarsi sotto di me, perfino attraverso gli abiti. «Vi prego.»

Io gemetti, il mio cazzo che diceva al mio cervello di tacere.

Mac mi guardò. «Scopatela, Hardin, e non trattenerti. Ciò che è successo ieri non svanirà, ma non possiamo lasciare che ci cambi. Se glielo permettessimo, vincerebbe lui.»

Aveva ragione. Abbassai lo sguardo su Sam. «Ti amo.»

Lei sorrise e tutto dentro di me cambiò. Si tramutò. Lei era mia ed io le avrei dimostrato quanto.

SAM

Hardin a quel punto mi baciò. Con forza. A fondo. Selvaggiamente. Rotolò così che mi trovai nuovamente sopra di lui, lui e Mac che mi spogliavano. Hardin era già nudo e Mac si tolse i jeans così che fummo nudi tutti. Hardin era da un lato, la sua bocca sulla mia, le sue mani che mi toccavano ovunque. Mac era alle mie spalle, che mi toccava, che mi accarezzava. Non sapevo a chi appartenessero quali mani, solamente che mi trovavo in mezzo a loro. Che mi desideravano entrambi.

Una mano mi prese un seno, giocando col capezzolo. Un'altra mi stava accarezzando la figa, insinuandovi un dito dentro. Mi dimenai mentre mi scopava lentamente, proprio come sapevo che avrebbero fatto presto i loro cazzi. Quando un altro dito mi sfiorò l'ano, trasalii. Quando premette verso l'interno, gemetti.

«È così che sarà,» mi mormorò Mac all'orecchio. «Hardin nella tua figa ed io nel tuo culo.»

Mi contrassi a quelle parole.

«Ah, ti piace l'idea, non è vero?»

«Sì,» esalai io, ondeggiando i fianchi per prendermi quelle dita più a fondo, per inseguire il piacere.

«Prendi il lubrificante,» disse Hardin, attirandomi sopra di sè. Io poggiai le ginocchia ai suoi lati, ma era così grosso, il suo petto così ampio, che avevo le gambe allargate al massimo.

Mac andò da qualche parte e tornò con un piccolo boccettino di plastica in mano.

«Lubrificante, dolcezza.» Ne aprì il tappo e si spremette un po' di liquido trasparente sulle dita. «Questa volta è nelle mie mani.»

Hardin mi fece sollevare e mi calò su di sè, il suo cazzo che mi apriva. Posandogli le mani sul petto, abbassai lo sguardo su di lui. «Cavalcami, piccola cowgirl.»

Sogghignò ed io non potei fare a meno di sorridere a mia volta. Non mi era ancora entrato dentro del tutto, per cui mi sollevai per poi spingermi di nuovo verso il basso.

Gli sfuggì un verso dal profondo del petto, così lo feci di nuovo, e di nuovo fino a quando non fui completamente seduta su di lui. «Sono così piena,» ammisi.

Le sue mani mi presero i seni e giocarono con i capezzoli duri mentre io me ne stavo lì sopra di lui, il suo cazzo che mi riempiva fino all'orlo.

«Cazzo, è eccitante,» commentò Mac.

Hardin mi attirò giù per un bacio e i suoi fianchi si sollevarono. L'avevo già fatto la prima volta in officina.

«Impari in fretta,» disse Mac. Le sue dita unte mi premettero contro l'ano vergine.

«Mac!» esclamai. Era così diverso col cazzo di Hardin dentro di me.

«Pronta, piccola?» mi chiese lui, il suo sguardo che mi scrutava in volto.

Io mi accigliai.

«È arrivato il momento di scopare.»

Non stavamo scopando fino a quel momento? Mi leccai le labbra, annuii. Poggiai le mani sulle sue spalle mentre lui mi afferrava i fianchi, per poi cominciare *davvero* a scoparmi.

Spinte profonde che lo portarono dentro fino in fondo, che mi fecero sfregare i capezzoli contro il suo petto.

Mac mi insinuò facilmente un dito nel culo e anche lui cominciò a scoparmici. Fu cauto, ma io non riuscivo a pensare molto a ciò che stava facendo, bensì solamente a sentire.

Sentire loro. Come mi facevano sentire. Il piacere che mi

mandava in panne il cervello. Il rumore della pelle che sbatteva, i gemiti e gli ansiti che ci sfuggivano.

Quando Mac mi insinuò dentro un secondo dito, io inarcai la schiena. Gemetti. Bruciava, ma era incredibile. Ero così piena.

Hardin mi succhiò un capezzolo per aggiungere anche quella sensazione.

Si *erano* trattenuti. Quella era una cosa oscura e selvaggia, completamente spinta. Mac a quel punto cominciò a parlarmi. Parole sporche che non fecero che farmi bagnare di più, ed io riuscivo a sentirlo.

«Ti infilerò il cazzo qui dentro, dolcezza. Presto. Hardin ti scoperà così forte che ti dimenticherai il tuo stesso nome. Dopodichè io ti girerò a pancia in giù e ti scoperò ancora un po'.»

«Sì,» esalai. Voelvo tutto ciò che aveva detto, tutto ciò che mi stava dando in quel momento. E dell'altro ancora. «Mac. Ho bisogno di più che delle tue dita.»

Le sue dita si fermarono, per poi ritrarsi lentamente. «D'accordo, ci arriveremo un'altra volta.»

Io scossi la testa e Hardin si immobilizzò a fondo dentro di me.

«No, voglio dire, io... voglio che mi scopi lì, invece. Col tuo cazzo, non con le dita.»

Hardin grugnì, poi ricominciò a muoversi.

«Quando ti avremo preparata.»

«Sono pronta,» risposi io. Mi lanciai un'occhiata alle spalle, osservai Mac, in ginocchio sul letto, nudo, con quei meravigliosi tatuaggi che si muovevano grazie alla tensione dei suoi muscoli. Il suo cazzo che puntava lungo e spesso verso di me da in mezzo alle sue cosce.

Mi ricordai della prima volta che l'avevo visto al pronto soccorso. Mi ero immaginata che non riuscisse a starci nella mia figa. Adesso sapevo che ci sarebbe stato, e lo bramavo altrove.

«Scopami il culo. Adesso. Con anche Hardin dentro di me. È quello che vuoi. Ciò di cui ho bisogno io.»

Non avevo idea se fosse veramente ciò di cui avevo bisogno, ma il mio corpo lo voleva. Avevo bisogno di quel legame con entrambi. Insieme.

Mac lanciò un'occhiata ad Hardin. Qualcosa di tacito passò tra di loro e poi, all'improvviso, si mossero.

Mac saltò giù dal letto, Hardin si spostò così da trovarci nella stessa identica posizione, ma nell'altro verso sul letto, con le sue ginocchia piegate e i piedi a terra.

Io guardai Mac da sopra la mia spalla mentre si insinuava tra le gambe aperte di Hardin. Si stava facendo colare dell'altro lubrificante sul cazzo e ce lo stava sfregando sopra con la mano fino a renderlo luccicante e ricoprirlo del tutto.

La sua mano tornò sul mio culo, le sue dita vi si insinuarono nuovamente dentro. Hardin si tenne fermo mentre Mac mi lavorava con cautela l'ano, allargandolo con le dita e aprendomi, ungendomi al massimo.

Io ansimai, ondeggiai i fianchi. Non mi faceva male, ma sentirmi allargare bruciava un po'. Eppure c'era qualcos'altro, delle sensazioni che non mi ero mai aspettata, che non avevo mai ottenuto giocando da sola coi miei sex toys.

«È pronta,» disse Mac ad Hardin.

«Bene, perchè non riesco a stare fermo ancora a lungo, cazzo,» ringhiò lui.

Mac si avvicinò, poi io distolsi lo sguardo, riportandolo su Hardin.

«Fai un respiro profondo,» mi disse lui. «Brava ragazza. Lasciati andare.»

«Oh.» Trasalii quando il cazzo di Mac mi premette contro l'ano. Istintivamente contrassi i muscoli. Hardin imprecò ed io trassi un altro respiro profondo e cercai di rilassarmi.

«Lasciami entrare, dolcezza. Apri quel buco vergine. Brava ragazza. Ci volevi entrambi. Volevi che non ci trattenessimo. Questi siamo noi, Sam. Che ti scopiamo. Che ti amiamo.»

Scivolò oltre lo stretto anello di muscoli ed io piagnucolai. Avevo due cazzi dentro di me. Due *grossi* cazzi. Mac si ritrasse, si spinse in avanti, con movimenti lenti e controllati dentro e fuori fino a quando non arrivò fino in fondo.

«Ommioddio,» dissi.

Hardin sollevò la testa e mi baciò.

«Adesso scopiamo, piccola.»

Io li sentivo. Davanti e dietro. Dentro di me. Attorno a me. Me! La vergine impacciata.

Tuttavia, non ero più quella ragazza. Io ero Sam Smyth, la loro donna. Non ero frigida. Ero selvaggia. Passionale.

«Adesso scopiamo,» ripetei.

A quel punto cominciarono a muoversi, senza trattenersi. La mano di Mac si posò sulla mia spalla mentre mi teneva ferma per scoparmi. Si ritrasse del tutto, per poi spingersi a fondo. Non con forza, dal momento che il mio culo non era fatto proprio per prendersi qualcosa dentro, ma Dio... era... fottutamente bellissimo.

Hardin mi sollevava e mi abbassava, con le mani sui miei fianchi, per scoparmi a fondo. Alternarono i movimenti, i loro cazzi che mi stimolavano assieme.

Chiusi gli occhi, lasciai che fossero loro a sostenermi, a muovermi, a usarmi.

Il mio clitoride sfregava contro Hardin ed io venni una

volta. Due volte. Una terza. Urlai la prima, implorai alla seconda affinchè non finisse mai, poi rimasi senza voce per la terza.

Erano insaziabili, con una resistenza sessuale impressionante. Non vennero fino a quando io non fui sudata, sfiancata e soddisfatta in mezzo a loro. Hardin lo fece con un ringhio, le sue dita che molto probabilmente mi stavano lasciando dei lividi sui fianchi. Mac si trattenne a fondo ed io sentii il calore del suo seme riempirmi.

Non mi mossi. Non ci riuscivo. Mac scivolò fuori ed io piagnucolai. Hardin rotolò così che mi ritrovai sulla schiena. Si tirò via anche lui ed io sentii il loro seme colarmi fuori, ricoprirmi la figa, marchiare non solo me, ma anche le lenzuola che avevo sotto.

Più tardi avrei dovuto pensare a come non avevamo usato alcuna protezione. Il mio cervello da dottoressa avrebbe dovuto gridarmi contro in quel momento, ma non riuscivo a pensare. Non riuscivo a fare altro che bearmi del mio indolenzimento, delle endorfine. Un panno caldo e bagnato mi pulì ed io venni presto stretta tra loro due. Due corpi caldi che mi circondavano, che mi accarezzavano. Che mi sussuravano parole d'amore all'orecchio.

Avevo due uomini che mi amavano. Che mi volevano. Che avevano bisogno di me.

Ero considerata un genio, il mio cervello era colmo di così tante nozioni. Eppure mi resi conto in quel momento che la vita era semplice. C'era solamente una cosa da imparare.

L'amore era tutto ciò che contava. Con quell'unica grossa consapevolezza, il fatto che loro mi amassero e che io amassi loro a mia volta, la vita era perfetta.

NOTA DI VANESSA

Indovina un po? Abbiamo alcuni contenuti bonus per te.

Clicca qui per leggere!

oppure vai qui:

http://vanessavaleauthor.com/v/db

ISCRIVITI ALLA NEWSLETTER

Unisciti alla mailing list per essere informato per primo su nuove uscite, libri gratuiti, premi speciali e altri omaggi dell'autore.

http://vanessavaleauthor.com/v/db

TUTTI I LIBRI DI VANESSA VALE IN LINGUA ITALIANA

Clicca qui!

o vai a:

http://vanessavaleauthor.com/v/11n

L'AUTORE

Vanessa Vale, autrice bestseller di USA Today, è famosa per i suoi romanzi d'amore, tra cui la serie di romanzi storici di Bridgewater e altre avventure romantiche contemporanee. Con oltre un milione di libri venduti, Vanessa racconta storie di ragazzacci che quando si trovano l'amore, non si fermano davanti a niente. I suoi libri vengono tradotti in tutto il mondo e sono disponibili in versione cartacea, e-book, audio e persino come gioco online. Quando non scrive, Vanessa si gode la follia di allevare due giovani ragazzi e capire quanti pasti può preparare con una pentola a pressione. Certo, non sarà tanto brava con i social quanto i suoi bambini, ma adora interagire con le lettrici.

www.ingramcontent.com/pod-product-compliance
Lightning Source LLC
LaVergne TN
LVHW011831060526
838200LV00053B/3973